花嫁たちの深夜会議

赤川次郎

花嫁たちの深夜会議　目次

花嫁は荒野に眠る

花嫁たちの深夜会議

花嫁は荒野に眠る

プロローグ

　情ない。

　——何が情ないって、ハネムーンの、それも往きの飛行機の中で相手に幻滅するくらい情ないこともあるまい。

「おい！　このパン、何だよ！　乾燥しちまってボロボロじゃないか！」

と、ひとみの夫、文弥は、もう何十回めか分らない文句をつけていた。

「申し訳ありません」

と言うキャビンアテンダントの顔にも、うんざりした表情が浮んでいる。

「——全く！　料金ばっかり高くて、サービスは悪いと来てる」

「でも……仕方ないわよ」

と、ひとみはおずおずと言った。

「料金に見合ったサービスを受ける権利があるんだ、僕らには」

　文弥は、もう同じ言葉を何十回もくり返していた。

　ひとみは夫と反対の方へ顔を向けて、そっとため息をついた。

この人と、これから何十年も暮すの？

もっとじっくり付合っておくのだった！

――お見合からたった三か月。

お互い忙しくて、デートも三回。そこへ、

「南米へ長期出張」

になったというので、天野文弥と正木ひとみは早々と挙式してしまったのだ。

そして、そのまま飛行機を乗り継ぎ、今、機はアマゾンの大ジャングルの上を飛んでいた……。

「全く……。何てひどい音なんだ！」

天野文弥は、今度はイヤホンから聞こえる音楽のことで文句を言っている。

エリートの官僚。

ひとみだって、本来はそんな相手は敬遠したい方だが、紹介してくれた叔母にせき立てられて、ほとんどわけの分らない内に結婚してしまったのである。

まだ二十八歳なのだ。もっとゆっくり選べば良かった。

天野文弥は三十四歳。

叔母に言わせると、

「仕事が忙し過ぎて、ご縁がなかったのよ」

というのだが、本当は付合った女性にことごとく嫌われたのではないか……。

「やっと今夜はホテルで落ちつけるな」

と、文弥が言った。

「そうね……」

ひとみは、そのときを考えるとゾッとした。

デートもあわただしく、二人はキスさえしていないのである。

しかし、今夜は……。

ひとみは、こんな男と初夜を過すのかと思うと泣きたくなった。——きっと、自分勝手でしかも自信過剰な「夫ぶり」を見せられることだろう。

ひとみは半ば本気で、到着した空港からそのまま一人で帰ろうかと思っていた……。

「——何だ？」

と、文弥が言った。

飛行機が異様な揺れを起していた。

「怖いわ！」

と、ひとみは手すりを握りしめた。

「ボロな機体を使うからだ！」

「そんなこと言ってる場合じゃないでしょ！」

機は大きく揺れると、一気に傾いてどんどん高度を下げて行った。

機内はパニックになった。

「おい！　何か説明しろ！」

と、文弥が怒鳴った。

「説明なんて――墜落してるのよ！」

と、ひとみは言った。

窓からは、一面の緑のジャングルがどんどん近付くのが見える。

神様！――ひとみは祈った。

死ぬにしても、こんな人と一緒に死なせないで下さい！

飛行機はジャングルの中へと突っ込んで行った……。


「墜落した？」

と、塚川亜由美は訊き返して、「何かの間違いじゃないの？」

「ニュースを見てごらんよ」

と、神田聡子がケータイで言った。

「分った。――待っててね」

亜由美は自分の部屋を出て、急いで居間へ下りて行った。

TVをつけると、確かにニュースで、

「アマゾンに旅客機墜落！」

という文字。

「乗客名簿の中に、日本人と思われる〈アマノ・フミヤ〉〈アマノ・ヒトミ〉の二人の名前がありました……」

アナウンサーの言葉に、亜由美は青くなった。

「本当だ！」

「ね？」

と、神田聡子が言った。「アマゾンに行くんだって言ってたし。先輩だよ、絶対！」

「大変だ……」

亜由美はソファに座り込んだ。

ニュースでは、

「墜落したと思われる範囲が広大で、機体発見には至っていません……」

と、絶望的状況を告げていた。

「――あ、誰か来た。聡子、後でかけるよ」

亜由美は通話を切ると、急いで玄関へ出て行った。母も出かけていて、留守番していたところだ。

玄関のドアを開けると、

「あ……」

「すみません、突然」

思いつめた表情の婦人が立っていた。

「正木さん……。ひとみ先輩のお母様ですよね」

「そうです。ニュースを——」

「今見て、びっくりしてたところです」

正木百合子(ゆりこ)を居間へ通して、

「連絡つかないんですか」

「ええ……。私のせいです」

「でも——」

「あの子は気が進まないと言ってました。でも、私が『いいじゃないの』と、天野さんとの話を進めて……」

「確かエリート官僚とか」

「ええ。——塚川さん、どう思われました？」

「あの男の人ですか？」

「遠慮なくおっしゃって」

「まあ——人の好みは色々ですから。でも、私ならいやです」

と、はっきり言った。

「やっぱりね……。私も、式のとき、チラッと不安になったんです。ともかく、当人同士もろくに付合ってなかったし」

「そうみたいですね。ひとみさんもそうおっしゃってました」

「意に添わない夫と死んだのでは、可哀そう過ぎます」

と、百合子が涙を拭く。

「元気出して下さい！　ひとみさん、あの逞しさですもの。きっと生きてますよ！」

「そう言って下さると、お願いしやすいわ」

「——お願い？」

「あの子を捜しに行って下さい！　アマゾンまで！」

亜由美は絶句した……。

1　買いことば

「私はいやよ」

と、神田聡子は冷たく言い放った。「亜由美、行くなら一人で行って」

「聡子、あんた、それでも友だち？」

と、亜由美は言ったが、

「そんな所へ人を連れてこうなんて、友だちのすること？」

と言い返されると、亜由美としても、

「まあ……。それはそうね」

と、急にトーンダウン。

「さ、紅茶でも飲んで」

と、母の清美(きよみ)が居間へ入って来る。「とっておきの高級なダージリンよ」

「お母さん……。何で今そんな高級な紅茶を出すの？」

「だって、アマゾンのジャングルの中じゃ、紅茶なんて飲めないでしょ」

亜由美は呆(あき)れて、

「ちょっと！　まだ行くなんて言ってないわよ」

「ワン」

亜由美の足下で、ドン・ファンが吠えた。――この家で一番偉そうにしている（？）ダックスフントである。

「ドン・ファンだって、『行くな』って言ってるわ」

と、亜由美は勝手に通訳した。「大体、アマゾンのジャングルって、もの凄く広いのよ。どこに落ちたかも分ってないのに、行ったたって捜せないわ」

確かに、遭難した正木ひとみは亜由美たちにとって大学の先輩。大学院生として、亜由美たちを教えに来て、ずいぶん世話になった。

しかし、それとこれとは別だ。

「――ともかく、現地での捜索で、何か分るのを待とうよ」

と、聡子がまともな意見を言った。

「――お母様の気持は分るけどね」

と、亜由美は言った。

正木ひとみは、母百合子と二人暮しだった。ひとみが幼いころ、夫と別れた百合子は、ずいぶん苦労してひとみを育てたらしい。

「だから、官僚なら生活が安定してると思って……」

と、百合子は悔みながら、「私が間違ってました。そんなことで結婚相手を選ぶべきではなかったんです……」

と泣いたのだった……。

慰めて、引き取ってもらった亜由美も辛かった。

「そりゃ、私が行って、ひとみさんが見付かるのなら、喜んで……。あんまり喜んでない

けど……行ってもいいけどね」

「もし本当にジャングルに突っ込んだのなら、きっと助からないよね、誰も」

と、聡子が言った。「もし、誰か生き残ってたとしても、発見に手間取ったら、とても

……」

「うん」

亜由美は肯いて、「でも、お母様にそうは言えないわ」

「大体、何で亜由美に頼んで来たの？」

そう言われると、よく分らない。

「――訊かなかった」

「それは、きっと」

と、清美が言った。「この子がお調子者で、おだてられるとすぐ木に上るからよ」

「お母さん！　私は豚？」

「将来はね」

「話が違うでしょ」

亜由美はため息をついて、「ともかく、情報が入ることになってる旅行会社へ行ってみるわ。聡子、アマゾンじゃないんだから、これぐらい付合ってくれるよね？」

「そう嫌味言わなくたって……」

「言うわよ」

と、亜由美は言い返して立ち上った。

「ウー……」

ドン・ファンは、二人がやり合っているのを見て、「みっともない！」と言った——のかもしれない。


「まあ……問い合せてはいるんですが……」

旅行会社の担当者は、眠そうな顔で言った。

「何か分ったことはないんですか？」

と、正木百合子が身をのり出して訊く。

「どうも、向うでもどこを捜していいか、よく分らないようでして……」

「そんな無責任な！」

「お気持はよく分りますが、我々としましても、問い合せても返事がなくては、どうにも──」

旅行会社は、数人しか社員のいない小さな所で、百合子と亜由美たち以外は誰もやって来ていない。

墜落した旅客機に乗っていた日本人は、キャビンアテンダント一人を除くと、天野文弥とひととみの夫妻しかいなかったのだから仕方ないが……。

「では、今のところ、捜索はどの辺で行われてるんですか？」

と、亜由美が訊くと、担当者は首をかしげて、

「さあ……」

「それも分らないんですか？」

「あの……実のところ、電話で連絡しても、先方に英語の分る者がいないんです。現地の言葉でまくし立てられても、さっぱり……」

亜由美も、訊く気が失せてしまった。

「──正木さん。少しおやすみになっては」

と、亜由美は言ったが、

「あの子がジャングルの中で苦しんでいるかもしれないのに、眠ってなんかいられませんイ！」

と、甲高い声で言い返された。

「すみません……」

「いえ……。ごめんなさい、塚川さん」

と、百合子はため息をついて、「せっかく来ていただいたのに。許して下さい」

「とんでもない！——よく分ります」

百合子の目は真赤に充血していた。

「あの子はきっと生きてる……。そんな気がするんです。もし死ねば私に分らないはずがありません」

理論的ではなくても、母としての思いは伝わって来る。

「見通し、暗いね」

と、聡子が首を振って言った。

すると、オフィスへ入って来た女性がいる。

「あ……。天野さん」

と、百合子が立ち上って、「まだ手がかりはないようで——」

亜由美も思い出した。

天野文弥の母親だ。やせて、険しい顔をしているのが、一段と硬くこわばっていた。

百合子に会釈もせずに、全く無視すると、

「責任者を出しなさい！」

と、凄味のある声で言った。「誰が責任者なの！」

「所長は休んでおりまして……」

と、担当者の男が言うと、

「休んでる？　冗談じゃないわ！　早く呼び出しなさい！」

「ですが今日は知人の葬式だと――」

「早くここへ来ないと、自分の葬式を出すはめになると言いなさい！」

「はあ……」

「――あなたは？」

と、亜由美の方を向く。

「塚川亜由美と神田聡子です。ひとみさんの大学の後輩で」

「天野照代（てるよ）。文弥の母です」

「はあ……」

「全く！」

と、天野照代は怒りに震える声で、「あんな女はやめなさいと言ったのに！」

一瞬、沈黙があった。――耳を疑っていたのである。

「天野さん、今何とおっしゃいました？」

と、百合子は訊いた。

「あんな女と結婚するから、こんな目に遭ったんですよ」

と、照代はきっぱりと言った。

「あんな女……。ひとみのことをおっしゃってるんですね」

「他に誰かいます？」

百合子の顔が紅潮した。

「何てことを……。飛行機が墜落したのを、娘のせいだとでもおっしゃるの？」

「悪い運を呼んでしまったのよ。私はね、そういうことに敏感なんです。あの女は夫を不幸にするタイプよ」

「ちょっとおばさん」

と、亜由美は腰に手を当てて、「もう一度言ってみな」

「何よ。──どこの不良？」

「不良？　あんたほどの『不良品』じゃないわよ」

「ともかく、あんたなんかの相手はしてられないの。すぐ南米へ発つわ。文弥は生きてます！　あの子は、何でも私の許可なしにはしない子なの。私の許可なしに死ぬわけがないわ」

「結婚は許可したのね」

「それは――他に手近にいなかったから、仕方なくよ」

亜由美も頭に来ていた。

「神様が生き残るように選ぶとしたら、ひとみさんよ！――いいわ。私も捜しに行く！絶対にひとみさんを見付けてやるわ」

「亜由美――」

と、聡子がつつく。

「分ってるわよ！――正木さん、この神田聡子もぜひ行きたいと言ってますから。私たちで、必ずひとみさんを見付けます！」

「ちょっと、亜由美……」

聡子は焦ったが、今さら天野照代の前で、行く行かないで争えない。

「どうしてこうなるの……」

と、ため息と共に呟いた。

2　見当違い

「寒い……」

と、ひとみは呟いた。

どうしてこんなに寒いの？

ね、暖房入れ忘れてるんじゃない？

「ねえ……」

ひとみは目を開けた。

山が見えた。——え？　山？

「ここ、どこ？」

何があったんだろう？　どうして外で寝てるの？

ひとみは起き上ろうとして、体が自由にならないことに気付いた。

「あ……。シートベルト」

座席ごと、仰向けになっていた。シートベルトを外して起き上ると、

「——そうだわ」

飛行機が……。落ちた。

でも、どうしてここに？

ゆっくり立ち上ったひとみは、手や膝にすり傷はあるが、どうやら何とか無事らしいと分った。

周りを見回すと、木立ちに囲まれている。しかし、アマゾンのジャングルではない。

木立ちは間が空いていて、緑の斜面が続いている。その先は——山だ。

どうやらここは山の中腹辺りらしい。

だから寒いのだ。風は冷たく、身震いした。

「でも——飛行機は？」

座席一つ、ポンと放り出されたようである。

あの人——どうしたのかしら？

天野文弥。つまり自分の夫である。

隣に座っていたのだが、今はどこにも見当らない。

「ああ……。生きてるなんて！」

我ながらふしぎだった。

でも、どこへ行けばいいんだろう？

途方にくれていると——。

「ひとみさん！」

と、突然呼ばれて、飛び上るほどびっくりした。

見れば、斜面の向うから、手を振りながらやって来たのは——。

「CAさん？」

あの飛行機に乗っていた日本人のキャビンアテンダントだ。

「——良かった！　ご無事だったんですね！」

「あなたも」

「ええ。何とか」

と、息を弾ませ、「おけがは？」

「大したことないわ。——ここ、どこ？」

「よく分りません」

と、首を振って、「墜落しかけたとき、機長が必死で機首を上げたんです。そしたら雲の中に入ってしまって、そのまましばらく飛んでたんです。で、急に山が目の前に……」

「ぶつかったの？」

「何とか、できるだけ平らな辺りへ不時着しようとしたんですが、結局森へ突っ込んでしまいました」

「そう……。じゃ、飛行機は？」

「この先、十五分くらいの所です」

「で……他のお客さんたちは？」

「残念ながら……」

と言いかけて、「——あ、そうそう！　肝心のことを忘れてました」

「え？」

「ご主人様も助かったんです！　どういうわけか日本人三人が助かって」

「——夫が生きてる？」

「ええ。足首を痛めてらっしゃいますが」

「そう……ですか」

あんまり素直には喜べないひとみだった。

「ともかくご主人様の所へ、ご案内します」

「はあ……」

ひとみは、歩き出しながら、「あなた、お名前は？」

「辻（つじ）です。辻邦子（くにこ）と申します」

「主人が——色々うるさく文句を言って、ごめんなさい」

辻邦子は微笑んで、

「そんなこと、慣れていますわ。毎日飛んでるんですもの」

二人は、木立ちの間を抜けて行った。

「——どっちへ行けば助かるんでしょうね」

と、ひとみは言った。

「私にも見当がつきません。飛行ルートからも大きく外れてるんです」

と、辻邦子は首を振って、「ともかく、低地の方へ下りる道がないか、捜そうと思っています」

「そうね。山のふもとまで行けば、きっと人が住んでるわね……」

いささか心細い期待ではあった。

煙が上っているのが見える。

「——あそこが？」

「林の中です。ご覧にならない方が……」

と、邦子は重苦しい表情で、「乗務員として、申し訳ないと思っています」

「あなたのせいじゃないわ」

「ともかく、何とか脱出できるように、全力を尽くします」

ふっくらとして、あまり美人とは言えない面立ちだが、真面目な気持のいい女性である。

「——あの先にご主人様が」

しばらく歩いて、ひとみも少し息切れしたころ、邦子が言った。

大きな岩があり、それを越えると、少し開けた斜面である。

「足首を痛めてらっしゃるので、そこの岩かげに毛布を敷いて、寝てらっしゃいます」

夫が、さぞかしやかましく文句を言ったのだろうと思うと、ひとみは胸が痛んだ。

「ここです……」

と、邦子は言って足を止めた。

草地の上に毛布が何枚か敷かれているが、誰もいない。

「ここにおられたんです。――天野さん！　天野さん！」

「あなた！」

と、ひとみも呼んだ。

「どこへ行かれたんでしょうね」

「戻って来るわよ、きっと」

と、ひとみは言って、毛布の上に座った。

「ああ……。疲れた！」

「少し空気が薄いんですね、たぶん。それにもちろんショックを受けておられるんですし」

「それはそうね……」

ひとみは、ともかく助かったのが奇跡なのだということに気が付いて、今さらのようにゾッとした。

「ご主人様はお仕事でこちらへ？」

「ええ。官僚なの。こっちへ長期出張ということで」

「ハネムーンでいらしたんですよね。とんでもないハネムーンになってしまって……」

「あなたも座ったら？　こうして命が助かったんだもの。客も乗務員もないわ」

「そうはいきません」

邦子はそれでも、やはり疲れたのか、小さな岩の上に腰をおろした。

「——風が冷たい」

と、ひとみは首をすぼめて、「夜になったら寒そうね」

「そうですね。腕時計が壊れてしまって、時間が——」

と邦子が言いかけたとき、物音がした。

「戻ったの？」

と、ひとみは振り向いたが……。

そこに立っていたのは、天野文弥ではなく、機関銃を手にした、いささか人相の良くない男だった。

ひとみはポカンとしていたが、

「あなたは？」

と、日本語で訊いていた。

するると、驚いたことに、その男は日本語で答えたのである。

「墜落した飛行機に乗っていたのか」

「――ええ」

「他に生存者は？」

「いないと思います」

と、邦子は言った。「ここにいた男性は？」

「機長はどうした」

「亡くなりました」

「荷物は？」

「――何の荷物ですか？」

「俺たちが待っていたものだ」

と、男は言った。

ひとみと邦子は顔を見合せた。

「何のことか、私どもには……」

「全く！　苦労してここまでやって来たのに、こんなことになるとはな」

と、男は舌打ちした。「立て。――一緒に来てもらうぞ」

「でも、この方の旦那様が……」

「分っている。ともかく歩け」

わけが分らなかったが、機関銃が目の前にあっては、いやとも言えない。

せかされてしばらく歩くと、何とトラックとジープが一台ずつ停っていた。

同様に機関銃を持った男たちが七、八人、タバコを喫っていた。

男が仲間たちへ声をかける。――現地の言葉だろう、ひとみにもさっぱり分らなかった。

「どうなってるのかしら」

「私も、夢でも見てるようで……」

と、邦子も呆然としている。「山賊でしょうか」

「でも、『荷物』って何のことかしら」

すると、トラックの幌をかけた荷台から何と天野文弥が下りて来たのだ。

「あなた……」

「生きてたのか」

文弥は服が裂けたりしていたが、それ以外は無事なようで、ひとみたちを連れて来た男へと、「これは事故だ」

と言ったのである。

「あなた、この人たちを知ってるの？」

と、ひとみが言うと、

「ああ。大事な取引先さ」

と、文弥は言った。「機長がこんなドジをしなきゃ、何もかもうまく行ったのに」

「――何ですって？」

「あの機には、貨物室に何トンもの麻薬が積んであった。わざと故障と言って、この山の上空へ出て、荷物を落とすことになってたんだ。ところが、高度計がいかれてて、山の中腹へ突っ込んじまった」

文弥は別人のようだった。

「あなたも仲間なの？」

と、ひとみは愕然として言った。

「でなきゃ、こんな所まで来るもんか」

文弥はニヤリと笑って、「さて、どうする？」

と言った……。

3　行先不明

「ちょっと!」

と、天野照代がわめいた。「何とかしなさい!　そっちは男……じゃないけど、私より若いんだから!」

「男って言いかけたわね」

と、亜由美は言い返した。「どこを見りゃ男に見えるのよ!」

「ワン!」

「グァーッ!」

「コッコッコッ!」

——ドン・ファンの声がしていることは事実である。

他の声は——鶏であった。

亜由美と聡子、そしてドン・ファンの三人は、南米のどこかをバスで走っていた。

天野照代は、

「お金はいくらでも出すから、貸切バスを見付けなさい!」

と、同行して来た旅行会社の社員に命令したのだが、どこを捜してもそんなものはなく、結局乗合バスに押し込まれてしまった。

何とか座れたからまだ良かったようなものの、バスには現地の人間だけでなく、豚や鶏まで乗って来て、やかましいわ、くさいわで……。

ともかく、それでもバスは山道を走っていた。

「大丈夫？」

と、聡子が言った。「このオンボロバス、こんなに揺れたらバラバラになっちまいそうだけど」

「私に訊かないでよ！」

話も大声を出さないと聞こえない。

ともかく、山道はむろん舗装なんかしていない。バスは中古——というか大古で、およそバネなんか利いていないので、道の凸凹で飛びはねるよう。

しかも、それでいて——。

「一体何キロ出してんの？」

と、聡子は言った。

猛スピードで、曲りくねった山道を突っ走っている。控え目にみても、80キロ以上は出ているだろう。

「――外、見ない方がいいよ」

と、亜由美は言った。

もちろん、ガードレールなんかない。バスは崖の上の道を、道幅ぎりぎりに走っているのだ！

しかも……。

「あれ、誰？　歌ってるの」

「たぶん……バスの運転手」

正に曲芸に近い運転でバスを走らせながら、若い運転手は楽しげに歌っているのである。

ここまで来ると、怖さを通り越して、笑いたくなってくる。

――亜由美には、当面の心配以外にも気になっていることがあった。

このバス、どうして山道を上っているんだろう？

旅行会社の男が、

「このバスの終点の町で、捜索隊が組織されているそうです」

と言うから乗ったのだが、ジャングルの方へ向うはずが、どう見ても山の中へ入って行っている。

これでいいの？

すると、バスのスピードが落ちて、ぐっとカーブを切ると、どこやら村の広場みたいな所に停る。

鶏を抱えて降りる客もあり、山羊をかついで乗って来る者もいる。

「ここ、バス停?」

と、聡子が言った。

「停ってるから、そうなんじゃないの」

と、亜由美は言って、「それより……」

「どうしたの?」

亜由美は立って、さっきより少し空いて来たバスの中を、豚や山羊をかき分けて前の方へ進んで行った。

「──いない!」

亜由美は、席へ戻ると、

「いないわよ!」

と言った。

「誰が?」

「あの旅行会社の男。どさくさに紛れて逃げたんだ!」

「いないって……。じゃ、どうするの?」

「知らないわよ!」

――この捜索ツアー。旅行会社にかけ合ったのは天野照代である。

亜由美たちの先輩、ひとみの母、正木百合子は心臓が悪く、こんな長旅はできないので、亜由美たちに「代行」を頼んだのだった……。

「案内役がいませんけど、どうします？」

と、亜由美は少し離れた席の天野照代に言った。

「向うへ着けば、何とかなるでしょ」

と、照代も内心不安そうだが、亜由美の手前、そうも言えず、強がって見せているらしい……。

バスはまた走り出した。

「向うっていうのがどこなのかが問題です」

と、亜由美は言った。

「どういうこと？」

「あの旅行会社の人、かなり追い詰められてましたから。私たちを、ともかく目の前のバスに乗せちまおうとしたんじゃないですか？」

「それって……行先が違うってこと？」

「だって、見て下さいよ。どんどん山の奥へ入って行きます。変ですよ」

照代もさすがに落ちつかず、

「じゃあ……ここで降りましょう！」

「こんな、山道で降りてどうするんですか！」

と、亜由美はあわてて言った。「ともかく、終点まで行くしかないですよ」

それでも、照代はこわばった顔で、

「そういうことは、気が付いたらすぐに言わなきゃだめでしょ！」

と、亜由美のせいと言わんばかり。

頭に来たが、ここで照代とケンカしても始まらない。

バスはさらに山道を上り続けた……。


どうやら、終点らしいことは分った。

亜由美たち以外の客は、全部降りてしまったからだ。

運転手の若者は、相変らず鼻歌を歌いながら、三人の方を振り向いて、ニッコリ笑った。

「——降りろ、ってことね」

と、聡子が言った。

「でしょうね」

亜由美は仕方なく立ち上った。

各々のスーツケースもある。

よいしょ、と持ち上げ、オンボロバスから降りたのはいいが……。

「ここ、どこ？」

山道はここで行き止りらしく、ちょっとした広場のようになっている。

しかし――三人が行くはずの「町」はなかった。大体、人家が全くない。

「――どこへ行けばいいの？」

と、照代が言った。

「分りゃ苦労しませんよ」

と、亜由美が言い返すと、バスの運転手の若者が降りて来て、

「ジャパニーズ？」

と、声をかけて来た。

「イエス、イエス」

「バス、メイド・イン・ジャパン」

と、若者は得意げにそのボロバスを指して言った。

すっかり塗装のはげたそのバスを改めて眺め、亜由美たちは目を丸くした。

車体に〈××交通〉と、日本語が……。

「日本の中古バスなんだ」

と、聡子は言った。

「ホテル？」

と、若者が訊いたので、亜由美たちは飛び上りそうになった。

「イエス、ホテル！　プリーズ・ティーチ・ミー」

大学生の名が泣く英語だが……。

「ＯＫ！」

若者はさっさと亜由美たちのスーツケースを両手にさげて歩き出した。

「ホテルに案内してくれるの？」

と、照代は言った。

「知りませんけど……。とりあえず、ついて行くしかないんじゃないですか」

「ワン」

ドン・ファンも賛成して（？）、トットッと、若者の後をついて行く。

「ちょっと……。もう少しゆっくり歩いてよ！」

と、照代が文句を言ったが、通じない。

ゆるい上り坂をしばらく行くと、

「――町だ」

と、息を弾ませつつ、亜由美は言った。

目の前に、家が並んでいた。

といっても、「町」と呼ぶには程遠く、通りを挟んで、せいぜい二、三十軒の家があるだけ。

しかし、何もないよりはましである。

「こんな所にホテルがあるの？」

と、聡子がへばりながら言うと、それが聞こえたのか、若者が振り返って、

「ホテル」

と言った。「コンニチハ、ホテル！」

意味はよく分らないが、亜由美たちは若者について行った。

「――ホテル！」

と、若者が自慢げに言った。

なるほど、確かにその建物の白い壁――今は汚れて灰色になっているが――に、〈HOTEL〉の文字。

しかし、周囲の家と比べても、少しも大きくない。二階はあったが。

その家の中へスーツケースを運び込むと、若者は、

「ママ！」

と、大声で言った。

「ママ？」

すると、ここは……。

奥から出て来たのは、よく日焼けしたおばさんだったが——。

「あらまあ」

と、日本語で言ったのである。「日本の人？」

4　荷物

そのホテルの経営者はアケミといった。

「パパが日本人でね」

と、アケミは言った。「このホテルも、パパが建てたの。もうずっと前に死んで、私が継いだってわけ」

「日本語が通じる、ってだけで嬉しいわ」

と、照代は泣き出さんばかり。

「この子はペペ」

と、アケミはバスの運転手の肩を抱いて、

「町の男との子なのよ。結婚しない内に、男は逃げちゃったけどね」

と、笑う。

ともかく、ホテルだから部屋はあり、天野照代が一つ、亜由美たち三人で一つ、スーツケースを運び入れただけでも、命拾いという気分。

お世辞にも旨いとは言えない昼食も、みんなきれいに食べ尽くした。

「──飛行機ね」

と、アケミは肯いて、「噂は聞いたわ。でも、日本人が乗ってるとは知らなかった」

「どの辺に落ちたか、知りません？」

と、亜由美が訊くと、

「さあね」

と、アケミは肩をすくめ、「ジャングルの中に落ちたら、まず見付からないだろうね。捜す方だって諦めちまうよ」

「何て無責任な！」

と、天野照代が怒っているが、

「一目ジャングルを見てごらん。どこを捜していいか、見当もつかないよ」

と、アケミは言って両手を広げた。

「コーヒー？」

と、息子のペペが、盆にコーヒーをのせてやって来る。

「ありがとう！　あなたのおかげで助かったわ」

と、亜由美は言って、コーヒーのカップを手に取った。

ペペが母親に何か言うと、アケミの方は大げさな身振りで答えていたが……。

「──このペペが、あんたたちのことを気の毒だって。事故にあったのは、あんたたちの旦那か、って」

「まさか！　私の息子です。優秀な官僚で――」

「間違えないで！　私と聡子は、この人の娘じゃないの。他の人に頼まれて――」

いっぺんに説明しようとするので、却ってわけが分らなくなる。

すると、アケミがペペの話を聞いて、何やら難しい顔をしている。

「――今、この子がね」

と、アケミは言った。「ドライバー仲間の一人が、飛行機が山へ落ちるのを見たと言ってる、って」

「山へ？」

「そう。山の高い斜面だって」

「でも、ジャングルだと――」

と、聡子が言いかける。

「ジャングルに墜落しないように必死で頑張って、山へ落ちた、ってこともあり得るわ」

と、亜由美は言った。

「ワン」

ドン・ファンも賛成する。

「まあ、可愛い犬！」

と、アケミはドン・ファンを抱き上げて、鼻先にキスなどするので、ドン・ファンは迷惑そう。

「その山って、どの辺ですか？」

と、亜由美が訊くと、

「ここから二、三日かかるよ」

と、アケミが言った。

「二、三日で行けるなら行きましょう」

と、照代が言った。「息子が救助を待ってるかもしれないわ」

「でもね」

と、アケミは言った。「二、三日ったって、途中はこんな高級ホテルはないわよ。まあ、野宿を覚悟しないと」

照代も絶句した。

「泊る所がない」

などということは、考えもしなかったのだろう。

「では……私などが一緒では、足手まといね。あなたたちだけで行っていいわよ」

亜由美は、照代の言葉に愕然とした……。

ひとみはテントを出て、伸びをした。

「出てはいけない」

あの日本語をしゃべる男が機関銃を手に言った。

「少しは外の空気を吸わせてよ」

と、ひとみは言い返した。「どこへも逃げやしないわよ。逃げてどこへ行くの？」

「まあ、そうだけど……。上の命令なんでね」

と、男は肩をすくめて、「まあいい。ともかく目の届く所にいてくれ」

「はいはい」

ひとみは山の冷え冷えとした空気を吸い込んだ。

――あの飛行機の墜落現場から何キロか下った所で、麻薬組織の一団は、テントを張ってキャンプしていた。

ひとみも、キャビンアテンダントの辻邦子も、麻薬密輸のグループと一緒である。

「――マリオっていったっけ、あなた？」

と、ひとみは言った。

「ああ」

「どこで日本語を？」

「日本に三年いた。仕事をして稼いでいた」

と、マリオは言った。

「へえ……。でも、結局麻薬の密輸？」

マリオは無表情に、

「俺の働いてた工場に、泥棒が入った。そうしたら、理由もなく俺が疑われたんだ」

と言った。

「――それで？」

「警察で何回も取り調べを受けた。たまたま、泥棒が他の所へ入ろうとして捕まったんだ」

マリオの顔が、ちょっと歪んだ。「それで釈放されたが、警察はひと言も謝らない。そして、工場でも、もうクビにされてた」

「それは……ひどいわね」

と、ひとみは言った。

「真面目に働く気になれるか？――俺は、バーで働いていて、この仕事に誘われたんだ」

「そう……。気持は分るけど、そんな日本人ばかりじゃないわ」

「日本人のあんたには分らないよ」

と、マリオは言った。

すると、そのとき、一番大きなテントから、数人の男たちが出て来るのが見えた。

リーダー格の男たちらしく、ひとみの夫、天野文弥も入っている。

その天野が、もう一人の男と一緒にひとみの方へやって来た。

「マリオ、女を外へ出すなと言ってあるぞ」

と、天野が言った。

「どこでも文句が多いのね」

と、ひとみは言ってやった。「私が、中にいると息が詰るから、って頼んだのよ」

「まあ、逃げる所もないしな」

と、天野はニヤリと笑って、「しかし、君は僕の妻なんだ。言うことを聞いてくれないとね」

「私は、公務員、天野文弥の妻よ。麻薬密輸団の天野文弥とは他人です」

と、ひとみは言い返した。

「ヒステリーかい?」

と、天野は皮肉っぽく笑って、「ま、こんな状況じゃ仕方ないがね。――今夜、テントを一つ貸し切りにして、君と二人で初夜といこうか」

ひとみは心底ゾッとして、

「ごめんだわ！　お金が儲かったら、女を買って遊ぶといいわ」

「マリオ、気の強い女だろ？　日本の女も変ったのさ」

天野はむしろ愉(たの)しげに、「しかし、こういう気の強い女を従わせるのが面白いんだ」

もう一人の男が天野に何か言った。

「分ってる。――OK、OK。――マリオ、今、みんなで話し合って、やはり旅客機の荷物を捨てて行くのはあまりに惜しい。取りに戻ろうということになった」

「分りました」

「中のキャビンアテンダントを案内役に連れて行く。機内には詳しいはずだ」

「出発は?」

「すぐだ。――三人ほど残す。ひとみ、君も残っていい。あまり役に立たないだろうからな」

天野がテントの中へ入って行く。ひとみも心配になって入って行った。

辻邦子が、天野の話を聞いて、

「分りました。荷物室はどれくらい無事に残っているか分りませんが」

と言った。

「十分したら出発だ」

と言って、天野は出て行った。

「――邦子さん」

「ひとみさん」

と、邦子は声をひそめて、「私、たぶん生きて戻れないと思います」

「まさか……」

「もし、私が戻って来なかったら、日本に帰られたとき、母に手紙を渡してやって下さい」

「そんなこと言わないで！」

と、ひとみは邦子を抱いて、「私も一緒に行くわ！」

「ひとみさん……」

「二人で生き抜きましょう。そして、必ず日本へ帰るのよ！」

ひとみは力強く言った。

5 山道

「亜由美……」

と、神田聡子は息も絶え絶えになって言った。「もし……私が死んだら……」

「何を弱気なこと言ってるの！　しっかりしなさいよ！」

「もし死んだら……あいつ、あの女をぶっ殺してやって！」

「全く、もう……」

――あの女、とは一人であの「ホテル」に平気で残った天野照代である。

亜由美、聡子、ドン・ファンの三人は、あのホテルのオーナー、アケミの息子、ペペの案内で、ペペのドライバー仲間が、

「飛行機が落ちるのを見た」

という山へと向っていた。

「私……もう歩けない！」

と、聡子は途中でダウンしてしまった。

「何言ってんの。歩き出して、まだ二時間しかたってないのよ」

「嘘だ！　もう半日は歩いた」

聡子も、自分の言っていることが無茶だと分っている。

ただ、少しでも休みたいのだ。

ペペが苦笑いして、

「クタビレタ？」

「ええ……。何なら先に行って」

「こんな山道、迷ったらおしまいよ」

と、亜由美は言った。「ペペ、その山ってどの辺？」

ペペも、しゃべる方はかたことだが、言われたことは、大体分る。

「アノ……山」

と、かなたのかなり高い山を指した。

「あれ？　あんなに遠いの？　かすんでるじゃないの」

と、聡子は愕然(がくぜん)とした。

ペペは申し訳なさそうに、

「あの山を越えた向うだ」

と、言った。

誰もが無口になってしまった。

「じゃ、聡子、あのホテルに戻る？」

「あそこで、あの女と二人で待つの？　とんでもない！　それくらいなら、山を上って死ぬわ」

「じゃ、もう少し頑張って」

「分った！」

何とか立ち上り、聡子は、「行くぞ！　我に続け、若人よ！」

と、意味不明の言葉を叫んで歩き出したのである。

——それにしても、亜由美はどうもスッキリしなかった。

ジャングルに落ちたはずの飛行機がなぜ山に？

それに、いずれにしても、もし誰か生存者がいるのなら、何かの形で連絡しているか、誰かに助けを求めているだろう。

どこに落ちたとしても、まず助かった人間がいるとは思えないが、ともかくこうしてやって来てしまったのだ。

「ドン・ファン、頑張ろ」

と、亜由美が声をかけると、ドン・ファンは至って元気で、

「ワン！」

と、勢いよく吠えたのだった……。

「畜生！　霧だ」

と、天野文弥は舌打ちした。

トラックは、山道で停っていた。

深い霧に包まれてしまって、数メートル先も見えないのでは、とても走れない。

「何とか走れないのか！」

と、天野が文句を言うと、ハンドルを握っていたマリオがチラッと振り向いて、

「崖からトラックごと転落しても良ければ走らせますよ」

と、冷ややかに言った。

天野は渋い顔をして、

「言ってみただけだよ」

と、肩をすくめた。

やがて霧は少し薄くなって来た。

「よし、行こう！」

と、天野は言った。

「まだ危険です」

「行くんだ！　のんびりしてたら、政府の救助隊がやって来るかもしれない」

「じゃ、ゆっくり走らせますから」

マリオがトラックを前進させる。

ひとみは、辻邦子と手を取り合って乗っていたが、

「もう諦めなさいよ」

と言った。「麻薬で儲けようなんて！」

「君のためなんだぜ。結婚して楽ができるようにさ」

「そんなお金で楽なんかしたくないわ。なれなれしく『君』なんて呼ばないで。あなたとは他人よ」

と、ひとみが突っぱねると、

「なるほど。正義の人ってわけだ」

と、天野はニヤリと笑って、「しかし、残念ながら君は僕の妻だ」

「まだ妻じゃないわ。法律的にも、届を出してないし、事実上もそうよ」

「そうか。――じゃ、僕との初夜を拒むって言うんだな？」

「当り前でしょ」

「それなら――」

と、天野は澄まして、「そっちのＣＡに代ってもらおう」

「何ですって？」

「君の代りに、今夜はその子を抱く。いやだと言えば命はない」

「邦子さんに何の関係があるの！」

「君が妻としての務めを果さないからさ」

ひとみは天野をにらんで、

「そうまでして、女を力ずくで従わせて何が楽しいの？」

「楽しいさ」

と、天野は平然と、「女ってのは、もともとそういう生きものなんだ。君だって、いずれ分るさ」

「分ったわ」

ひとみはじっと天野の自信ありげな笑顔を見ていたが――。

と言った。「今夜は私が相手をする」

「決心がついたか。後悔はしないぜ」

その自信過剰ぶりに、吐き気がした。

「お、大分見通しが良くなったな」

天野は霧の晴れた山道を見て、「急げ！」

と、そっちに夢中になっている。

「――ひとみさん」

と、辻邦子が心細げに言った。

「大丈夫。あなたに手は出させないわ」

「でも……ひとみさんは……」

「心配しないで」

ひとみは決心していた。

あんな男のものにされてたまるか！

どうせ、言われるままになったとしても、天野は邦子にも手を出すに決っている。

それならいっそ……。

どうせ、飛行機が墜落したときに、一度は死んでいておかしくない。それなら……。

ひとみは天野を殺して、自分も死のうと決心していた。

むろん、喜んで死ぬわけじゃない。でも、惨めな思いをして殺されるよりも……。

――トラックは、順調に走り続けて、やがてあの現場の焼けた匂いが漂って来た。

「よし、もうすぐだ」

と、天野は言った。「おい、一緒に来い」

邦子は立って、天野のそばへ行った。

「いいか、荷物室がどこにあるか、ちゃんと捜すんだぞ」

「分ってます」

と、邦子は言った。

トラックが停った。

「おい、マリオ、俺の女房をちゃんと見てろよ」

「こんな山の中で逃げて、どこに行くのよ」

と、ひとみは言い返した。

高山のひんやりとした空気が体を包む。

ひとみは、天野や邦子たちが木立ちの中へ入って行くのを見ていた。

きっと、中は悲惨なことになっているだろう。

「マリオ、あなたは行かないの？」

「君を見張っているように言われた」

「じゃ、一緒に行きましょう」

と、ひとみは先に立って、木立ちの中へ入って行く。

「待ちなさい」

マリオがひとみの腕をつかんで、「男たちは気が立っている。危険だ！」

と、怒ったように言った。

ひとみもカッとして、マリオの手を振り払い、

「何が危険よ！　どうせ私も邦子さんも殺すんじゃないの！　私のこと、心配してるよう

なこと、言わないでよ！」

と、怒鳴り返した。

マリオは言葉に詰った様子で、しばらく目を伏せて立っていたが、

「――君を死なせたくない」

と言った。

ひとみも少し気を鎮めて、

「ごめんなさい。――あなたが心配してくれてるのは分ってる。ありがたいわ。でも、あの連中の仲間でいる限り、あなたも私たちを殺すことになるのよ」

「しかし……何とか逃がしてあげられたら、と思ってるんだ。本当だ」

と、マリオは言って、じっとひとみを見つめた。

「私たちを逃がしたりしたら、あなたが殺されるわ。それに、私と邦子さんで、どうやってこの山の中を逃げるの？」

マリオは黙って首を振った。

「マリオ。――私たちと一緒に逃げましょう」

「いや、それは……」

「今なら、まだ間に合うわ。一旦(いったん)、あの連中からお金を受け取ったら、あなたは一生犯罪者になって、追われて暮すのよ」

「しかし……金が必要なんだ。それには、ボーイや荷物運びをやったって、とても追いつかない」

「でも、悪いお金は、結局あなたを一生縛りつけてしまうわ」

と、ひとみは言った。「私が何とか力になるわ。本当よ」

マリオは悩んでいる様子だった。

「僕だって、こんなことをしたくはない。でも……」

「じゃ、私たちと一緒に逃げて！」

ひとみは、暗く沈んだマリオの目を見ている内、ふしぎに胸が騒ぐのを感じた。

そして——不意に、マリオを抱いて、熱いキスを交わしていたのだ。

「——マリオ」

「君は……逃げたいからこんなことを……」

「違うわ。私はただ、こうしたいから、しただけよ」

ひとみはもう一度マリオにキスした。

そのとき——森の中で銃声がして、ひとみはハッとした。

「どうしたのかしら」

「行ってみよう！」

二人は、一緒に森の中へと入って行った。

「――あったぞ!」

と、天野の声がした。

ひとみは足を止めた。

木がなぎ倒され、飛行機が無残にバラバラになって飛び散っている。

「まあ、ひどい……」

「君は見ない方がいい」

と、マリオが止めて、「ここにいるんだ。様子を見てくる」

しかし、マリオが行くまでもなく、天野が満面に笑みを浮かべてやって来た。

「何だ。見に来たのか」

「見付けたの?」

と、ひとみは言った。

「ああ。全部じゃないが、半分は運よく焼けずに残ってたんだ」

と、天野は言った。「半分でも相当の金になる。まあ、苦労のかいはあったよ」

ひとみは何も言わなかった。

今さらこの男に何を言ってもむだだと分っていたのだ。

それに、マリオと共に逃げるならば、今天野を怒らせてはまずい。

そのとき、一緒に捜しに来ていた他の男たちがやって来た。――各々が背負っている箱は、例の「荷物」だろう。

だが、どうも様子がおかしい。

男たちは天野に向って何か言っていたが、言葉は分らないまでも、その場の雰囲気が険悪なことは、ひとみにも分った。

天野がひどく怒っている様子で、男たちに怒鳴った。

「――どうしたの？」

ひとみはマリオにそっと声をかけた。

マリオがひとみをかばうように前に立つと、

「残った荷を巡ってもめてる」

と、小声で言った。「荷物が半分になっても、約束の金はもらうと言ってるんだ」

男たちが天野を取り囲んだ。

ひとみは天野の表情に怯えの色が浮ぶのを見てとった。――いくらエリート官僚でも、この山の中では通用しない。

「これはまずいよ」

と、マリオが言った。「奴らは君のご主人を殺す気だ」

「マリオ……」

ひとみも、何日か過して、マリオが天野の子分扱いされていることを知っていた。

天野がやられたら、きっとマリオもやられてしまう。そして、ひとみと邦子は――。

ひとみは男たちの一人が、刃渡り三十センチほどもあるナイフを振りかざすのを見た。

ひとみはマリオを押しのけて、その男に向って駆け出すと、男のナイフを握った手首をつかんで、

「やっ!」

と、かけ声と共にねじった。

男が手首をひねられて、ナイフを取り落とす。ひとみは男の足を払うと同時に思い切り体をひねった。

男の大きな体が、一気に一回転して地面に叩きつけられる。

ひとみは男が落としたナイフを素早く拾い上げると、倒れた男の喉もとへと突きつけたのである。

誰もが呆気に取られて、動けずにいた。

「マリオ」

と、ひとみは言った。「男たちに言って。天野を殺したら、簡単には麻薬を捌けなくなるんだ、って。安全にお金を欲しいのなら、仲間割れはやめろって」

「――分った」

マリオが、やっと我に返った様子で、男たちへ話しかけた。

その間、ひとみはじっとナイフの刃先を、押え付けた男の喉へ押し当てていた。

「――分った、と言ってるよ」

と、マリオは言った。「悪かった、と謝ってる」

「それなら……」

ひとみはナイフを遠くへ放り投げると、立ち上った。

「ひとみ……」

天野が愕然（がくぜん）としている。

「間違えないで」

と、ひとみは言った。「あなたを助けたかったわけじゃない。あなたが生きてくれないと、私と邦子さんも無事に戻れないからよ」

「しかし、君……」

「私、合気道やってたの」

と、ひとみは言った。「今夜、私の所へ忍んで来るつもりなら、痛い目にあう覚悟をしてね」

「いや……お邪魔しないよ」

と、天野は目を白黒させながら言った……。

6　救助隊

そのドライバー仲間の話を聞いて、ペペは亜由美の方へ、

「間違いない……。あの山の……上の方」

と言って、目の前の山を指さした。

亜由美と聡子、ドン・ファンの三人は、ペペの案内で、山間の小さな村に着いた。

飛行機が山へ落ちるのを見たというドライバーは、この村の人間で、幸い村へ戻って来ていたのである。

「あそこへ上ればいいのね」

「亜由美……。何か食べてからにしよう」

と、聡子が死にそうな声を出す。

そう言われてみれば、亜由美もお腹が空いていた。ドン・ファンも、

「ファ……」

と、妙な声を出すばかり。

ペペのドライバー仲間の家で、一行に昼食を出してくれた。

「――生き返った！」

と、聡子が息をつき、ドン・ファンも、

「ワン！」

と、やっと犬らしい声を出したのである。

「でも、あそこまで上るのって大変ね」

と、亜由美が言ったとき、急に表に車の音がした。

それも一台ではない。

数台の車がやって来ていた。

「――何かしら？」

と、聡子が言った。

「用心して」

と、ペペが言った。「こんな山の村――車は来ない」

見れば、ドライバー仲間の男と家族も不安そうにしている。

「見て来るわ」

亜由美は立って、その家の外に出た。

「軍隊？」

と、亜由美は目を丸くした。

明らかに軍のジープ、トラックだ。

兵士たちが少なくとも何十人か、トラックに乗っている。

ジープから降り立ったのは、立派そうな軍服に口ひげを生やした、およそ印象の良くない男。

すぐに亜由美を見付けると、何か話しかけて来た。むろん、亜由美は現地の言葉が全く分らないので、ともかく日本語で、

「私は日本人。——分る？　ジャパニーズ。この村の人間じゃないわ」

と言ってやった。

すると、ペペが出て来て、その軍人に何か言った。

軍人はひどく偉そうにして、横柄な口調で口をきいた。

「——この兵隊たちは、あの墜落を知って、助けに来た、と言ってる」

亜由美はペペが実は日本語をかなり話せることに気が付いた。

「まあ」

「しかし、妙だ」

と、ペペは言った。「あの山に落ちたとどうして知ってるんだろう」

「そうね」

「案内しろと言ってる」

「このひげのおっさん、誰？」

と、出て来た聡子が言った。

「この男は、軍で権力を握ってるホセ大佐だよ」

と、ペペは言った。「亜由美さん、僕はこの家の息子ということに」

ペペの表情で、かなり深刻な状況であることは分った。

「分ったわ」

ホセ大佐はジロジロと、亜由美たちを見ていたが、やがてニヤリと笑って、ペペに何か言った。

「――君たちも一緒に来いと言ってる」

「本当に助けに行くのなら、行ってあげてもいいわ」

「いいのかい？」

「どうせ、人間命は一つよ」

と、大きく出て、「その代り、ボディガードを連れて行く、と言って」

亜由美がドン・ファンを呼ぶと、早速ドン・ファンが出て来て、ウー……と唸った。

「よし、僕が案内役だ。君たち、大丈夫かい？」

「大丈夫じゃないけど、仕方ないわね」

と、聡子が言った。

と、亜由美が家の中へ戻ると、そこの一家の姿は消えていた。

後から入ってきたペペは、

「あのホセ大佐は、ここの友人の兄を殺してるんだ」

と言った。

「殺した？　どうして？」

「今の政府は、ワイロが横行して、腐り切ってる。政府に反抗的な若者が、ホセ大佐の手で、暗殺されてるんだ」

亜由美はペペを見て、

「あなたも？」

ペペは首を振って、

「訊かないでくれ」

と言った。

答えたのも同じだ。

「――大体おかしいよね」

と、聡子が言った。「救助すると言ってるけど、兵士たちはみんな銃を持ってるわ」

「確かに、救助するなら銃でなく、他に道具を持ってくるだろう」

「じゃ、目当ては？」

「分らない。――ともかく行こう。怪しまれる」

三人と、ドン・ファンを加えた「一行」は、外へ出た。

ホセ大佐が何か言った。

「――何ですって？」

「君だけ、ジープに乗れと言ってる」

「分ったわ」

「しかし……」

「ホセ大佐って、少しは英語も分るでしょ？　目的が何か、探ってやる」

「危いよ」

「大丈夫。どうせ言うことを聞かないわけにいかないでしょ」

と、亜由美は一人、ホセ大佐と同じジープに乗った。

だが――ドン・ファンが素早く駆けて来て、亜由美のそばにぴったりと座る。

ホセ大佐も苦笑したが、ともかく亜由美が言われる通りにしたので満足したらしく、

「ＯＫ！」

と、ひと言、車列は走り出した。

ペペと聡子はトラックの一台に乗って、山への道を案内することになった。

ホセ大佐は、下手な英語で、

「大学生？」

と訊いて来た。

「ヤア」

と、亜由美は答えた。

亜由美も、上手とはとても言えない英語で、親しい人があの旅客機に乗っていたのだと、ホセ大佐に説明した……。

「――安心しろ」

と、ホセ大佐は言った。「我々がその友人を救出してやる」

あんたに言われたら却って心配よ、と亜由美は言いたかったが、さすがに心の中にとどめておいた。


「びっくりしたわ」

と、辻邦子が言った。「ひとみさんって、凄い人なんですね」

「自分でもびっくりしてるわ」

と、ひとみは苦笑して、「だって、合気道は習ってたけど、本気で人を投げたりしたのは初めてよ」

「そうなんですか」

邦子が笑って、「やっぱり、ひとみさんって、大した人ですよ」

――荷物を運んでいるトラックは、今小さな泉のほとりに停っていて、臨時のテントを張って、一夜を過すことになっていた。

足音がして、

「入っていいか」

と、マリオの声がした。

「どうぞ」

テントの中へ、マリオは紙皿にのせた肉を持って入って来た。「食事を持って来た」

「こんな物しかないけど……」

「ありがとう。充分よ」

と、ひとみは言った。

「水がこれだ。――酒を飲むかい？」

「いいえ、これで結構」

マリオは、ちょっと目を伏せて、

「僕のことを怒ってるだろうね」

と言った。

「あなたを？　どうして？」

「あんなときに、君を助けられなかった。君は勇敢だった。立派だよ」

「やめて」

と、ひとみは言った。「私はただ必死だったの。それだけよ」

「しかし――」

「それより、私にあなたの勇気を見せたいのなら、あの連中と手を切って、私たちと逃げましょう」

「君の言葉を信じるよ」

と、マリオは言った。「いつ逃げる？」

「明日、山を下りたら、また連中の仲間がふえて、逃げられなくなるわ」

と、ひとみは言った。「今夜、みんなが酔って寝静まったら、逃げましょう」

「よし。じゃ、トラックを一台奪って、それで逃げよう」

「でも――大丈夫？」

と、邦子が言った。

「他の車のキーを抜いて、エンジンがかけられないようにしておこう」

と、マリオは言った。「きっと、君の力でうまくいくよ」

「あんまりあてにしないで」

さすがに、そこまで言われると、ひとみも少し照れてしまった。

飲んで騒いでいた男たちの声も、やがて静かになった。

「――そろそろね」

と、ひとみは言った。

「大丈夫でしょうか」

と、邦子は不安げだ。

「ともかく、やるしかないわ。このまま、あの連中について行っても、私たち、無事には帰れない」

「そうですね……」

少しして足音がすると、

「さあ、行こう」

と、マリオが顔を出した。「みんなよく寝てる。――大丈夫だ」

「ええ」

ひとみと邦子はそっとテントを出た。

外は暗くて、ほとんど何も見えないが、確かにみんな寝入っているようだ。

「あのトラックだ」

マリオが先に立って、トラックの一台へ向った。

トラックの前まで来て、ひとみはホッと息をついた。

「さあ、乗ろう」

マリオが運転席のドアを開けると――。

「やあ、お出かけかい？」

天野が運転席からマリオを見下ろして、ニヤリと笑った。

「あなた……」

足音がして、同時にいくつものライトがマリオたちを照らした。

男たちの銃口が、三人に向けられていた。

「マリオ。――裏切ればどうなるか分ってるな」

と、天野が言った。

ひとみは青ざめて、

「やめて！　私が誘ったの！　この人が言い出したんじゃ――」

と言いかけたが、終りまで言わない内に、数発の銃弾がマリオの体を射抜いていた。

「マリオ！」

ひとみは、倒れたマリオを、呆然と見下ろしていた。

「君の合気道も、銃にはかなわないよな」

天野はトラックから降りて来ると、「テントに戻ってもらおう。手足は縛らせてもらう」

逆らうことはできない。男たちに腕を取られる。

「待て」

と、天野が言った。「連中が、そのキャビンアテンダントを欲しがってるんだ。トラックの中に押し込んどけ」

「やめて！　そんなひどいこと――」

と、ひとみは言ったが、どうすることもできない。

男たちに引きずられながら、振り向いたひとみの目に、トラックへと押し込まれる邦子の姿がチラッと見えた……。

7　欲の争い

重苦しい夜が明けた。

テントに天野が顔を出し、

「行くぞ」

と言った。

手首を縛られたまま外へ引き出されると、やっと明るくなって来た空の下、トラックがすでに出発するばかりになっていた。

「あの女は、すっかり気に入られてね」

と、天野が言った。「連中が連れて行くそうだ」

「邦子さん……」

邦子が別のトラックの荷台へ乗せられるのが見えた。放心したような表情だ。

「人でなし！」

と、天野をにらむ。

「亭主に向って、それはないだろ」

と、天野は言った。「さあ、乗るんだ」

どうすることもできない。

ひとみはトラックの助手席に乗せられた。

荷台は、飛行機の「荷物」で一杯らしい。

「さあ、出かけよう！」

トラックは列を作って走り出した。

マリオが殺されたまま、放っておかれている。――ひとみは胸が痛んだ。

トラックは山道を一時間ほど、下り続けていた。

むろん山道は揺れたが、疲れ切っていたせいか、ひとみはいつしかウトウトしていた。

そして――フッと気付くと、トラックは停っていて、運転席には誰もいなかった。

頭を振って、前方へ目をやると、どうやら太い木が倒れて道をふさいでいるらしく、男たちが動かそうとしている。

一台前のトラックと、その木をロープでつないで、引張ろうとしているようだ。

しかし、なかなかうまくいかない。

ひとみは、ふと思い付いて傍のドアを開けてみた。――開いた！

むろん、ここで森の中へ逃げ込んでも、無事に出られるかどうかは分らない。

しかし、夫の天野を拒んでいれば、いずれ自分も邦子のように、男たちの慰みものになるだろう。
そんな思いをするくらいなら……。
ひとみは手首を縛られたまま、そっとトラックから降りた。
男たちは気付いていない。
森の中へと身をかがめて入ろうとしたとき、誰かが叫んだ。見付かった！
ひとみは駆け出した。
森の中を、ともかくただ前へ前へと必死で走った。――銃声が追いかけてくる。
何度も転びながら、それでも走った。
「アッ！」
地面のくぼみに転落したらしい。
強く体を打って、すぐには起き上れなかった。
ああ……。もうこれでおしまいだ。
捕まって、犯され、殺される……。
お母さん……。もう一度会いたかった。
ふと、何かの気配を感じて顔を上げると――目の前にいたのは、犬だった。
それも、ダックスフント。
え？　こんな山の中に、どうして？

私、きっと幻を見てるんだわ。

しかし、そのダックスフントは、ひとみの方へやって来ると、その舌でペロリとひとみの鼻をなめたのである。

その冷たさと、ざらっとした感触。

どうやら幻ではないらしい。

すると、そこへ、

「ひとみさん！」

と、声がした。

見上げると――見憶えのある顔が、そこにあった。

「塚川さん？」

「良かった！　生きてたんですね！」

と、亜由美が駆け寄って来て、ひとみを抱きかかえるようにして起す。

「あなた……どうして？」

「お母さんに頼まれて、捜しに来たんです。立てますか？」

「母が……」

と、ひとみは胸の詰る思いで言った。

そしてハッと気付き、

「大変！　追われてるの！　早く逃げないと捕まるわ」

「大丈夫です」

「――え？」

山道へ戻ると、ひとみは目を丸くして、

「これって……」

天野と、その仲間たちはみんな両手を上げて降伏している。

そして兵士たちが銃を突きつけているのだった。

「神田さん！　あなたも来てくれたの？」

「先輩のためですもの。たとえジャングルの奥でも」

と、聡子も調子がいい。

「ひとみ！」

と、天野が言った。「その人たちに話してくれ！　僕はこの連中に捕まってたんだと。

――な、ひとみ。僕らは夫婦じゃないか」

ひとみは呆(あき)れて、

「何よ、今さら。――マリオを殺させておいて！」

「しかし、僕は――日本政府の公務員だぞ。こんな扱いをすれば、国際問題になる！」

天野は必死の様子。

「ひとみさん、この人たちは？」

と、亜由美が訊く。

ひとみは、こうなった事情を説明した。

ペペがホセ大佐に通訳すると、大佐は肯いて、兵士たちに向って声をかけた。

天野と仲間たちは、トラックの「荷物」を、軍のトラックへと運んだ。

亜由美にも、ホセ大佐の表情で、見当がついた。

ホセ大佐は、単に「荷物」を没収しようとしているのではない。自分のものにするつもりなのだ。

「——ペペ、どうなるの？」

と、亜由美は言った。

「さあ……」

ペペは首を振って、「僕らも、見てはいけないものを見てしまった……」

突然、兵士たちが発砲した。

密輸団の男たちが次々に倒れる。——亜由美は息を呑んだ。

そして——天野だけが立っていた。

「助けてくれ！　麻薬はあんたのものだ！」

と、両手を合せて拝んでいる。

「天野さん」

と、亜由美は言った。「あなたのお母さんも、途中の町まで来てますよ」

「母が？——そうか」

天野はうなだれた。「まさか、こんなことになるとは……」

そのとき、一発の銃声がして、天野がびっくりしたように胸を押えた。そして、目を見開いたまま、

「母さん……」

と呟いて、崩れるように倒れた。

「——邦子さん」

辻邦子が、拳銃を手に立っていた。

しかし、天野を射殺した邦子は、何とホセ大佐の方へと歩み寄り、抱きしめてキスしたのである。

「邦子さん……。あなた……」

「〈荷物〉運びを、ずっと手伝ってたんですよ」

と、邦子は言った。「その内、大佐と知り合って、こういう仲に」

「じゃ……」

「マリオが逃げるつもりでいる、と連中に知らせたのも私。連中は私を仲間だと思ってたんです」

「ひどい人ね！」

「あの〈荷物〉が、どんな大金になるか分ります？　一生かかっても稼げない金額ですよ」

「だからって――。じゃ、私たちのことも殺すつもり？」

「どうしましょうかね」

と、邦子は笑って、「仲間に入るか、それとも、ここで誰にも知られず死ぬか」

「仲間になるなんて、とんでもない！」

「じゃ、ここでご主人の後を追っていただきましょうか」

と、邦子が言った。

そのとき、数発の銃声がして、兵士の何人かが倒れた。

森の中から一斉に飛び出して来たのは、銃を手にした男たちで、その中には、さっき亜由美たちが寄った家の男もいた。

「僕の同志たちだ」

と、ペペは言った。「もう大丈夫」

ホセ大佐も邦子も、縛り上げられてトラックへ押し込まれた。

兵士たちは縛られて木につながれた。

「――さあ、町へ送ります」

と、ペペが言った。

「ありがとう」

と、ひとみは言った。「ただ――天野の遺体を……」

「ああ、そうですね。母親が待っているのなら」

ペペは天野の遺体を包んで、トラックへ乗せた。

「――ペペ」

と、亜由美は言った。「あの〈荷物〉はどうするの？」

「僕らがもらいます」

「売るの？」

「運動のための金がいるんです」

「でも――あの麻薬で人生を台なしにされる人たちが大勢いるのよ」

「分っています。――今の政府を倒したら、二度と……」

「そうできる？」

ペペは答えず、

「行きましょう」

と言った……。

エピローグ

成田空港で、正木百合子が待っていた。

母と娘は固く抱き合って、しばし言葉がなかった……。

「塚川さん！　本当に何とお礼を言っていいか……」

「いいえ、まあ……大変でしたけど」

と、亜由美は言った。

「もう未亡人になっちゃった」

と、ひとみは言った。「自分にできる仕事を捜すわ」

「ワン」

ドン・ファンも長旅から解放されてホッとしている様子。

亜由美は到着ロビーを見回して、

「天野さんは来ないのかな」

天野照代は、あの〈ホテル〉からいなくなってしまっていたのである。

「お骨にして持って来たのに」

と、ひとみは言った。「あ、あそこに――」

人ごみの間を、天野照代がやって来た。

「天野さん……」

「話はお役所から聞きました」

と、照代は相変らず胸をそらして、「息子が馬鹿なことをしたのは確かでしょうが、息子は息子です」

「お骨をお持ちしました」

と、ひとみは言った。

「ありがとう。――あなたも、いい男性を見付けてね」

と、照代は言った。

「でも」

と、亜由美は言った。「どうしてあのホテルで待ってなかったんですか？」

「だって……」

照代は、ちょっと口ごもってから、さらに胸を張って言った。「あのホテルのトイレはウォシュレットじゃなかったんですもの！」

花嫁たちの深夜会議

プロローグ

もちろん、東京という大都会では、夜中の二時、三時になっても働いている人間が珍しくない。

そして、深夜まで残業して、朝一番の始発電車で帰宅するという女性さえ、決して少なくはない。

植草治夫(うえくさはるお)も、そんなことは充分に承知していた。植草も、夜中、都会に残っている一人だったが、ただ「深夜まで働く」ためでなく、「帰る所がない」からだった。

植草は、もう三か月以上、ホームレスの状態で、毎夜、どこかの公園のベンチで眠っている。——夏はいい。

しかし、九月も末になり、日によっては、夜、冷えてくることがあった。

これから、もっと寒くなったらどうなるのだろう?

考えると不安になるので、植草は考えないことにしていた。今日一日、生きていられたら、それでいい、と思うことにしたのだ。

夜、どこか寝心地のいいベンチ(そんなものがあれば、だが)で目を閉じて、眠ってしまえば高級ホテルのベッドも固いベンチも同じことだ……。

　しかし、この夜は――。

「起きろ！」

　と、乱暴に体を揺さぶられると、

「え……。何だよ」

　と、目を何とか開けて、「人がせっかく眠ってるのに……」

「またお前か」

　と、顔見知りのガードマンが言った。

「やあ……。寝かせてくれよ」

「それが、だめなんだ」

「だめって――どうして？」

「知らないのか。三日前、ここで寝ていた四十前後の奴が死んじまってな。大変だったんだ」

「そうか……」

「俺も上からこっぴどく叱られてな。そいつのことは、たまたま見落としたと言いわけしたんだが。――そんなわけでな、ここで寝られちゃ困るんだ」

「だけど……俺はまだ元気だ。死んだりしないよ」

「誰だって、死ぬと思っちゃいないさ。ともかく、どこかよそで寝てくれ」

どう頼んでもむだだと分り、植草は仕方なく起き出した。

「だけど、どこで寝ろってんだ？」

「そんなことまで知らんよ。ともかく行った！」

「分ったよ……」

追い立てられるようにして、植草は公園から出た。

しかし――近くには公園など他にないし、オフィスビルは、まず中へ入れないようになっている。

「どうしろって言うんだ……」

ブツブツ言いながら、通りを歩いていると、ポツン、と顔に何かが当った。

「おい……。勘弁してくれよ」

雨だ。――あわてて、目の前のビルの玄関先へ駆け込む。

雨はたちまち本降りになった。

「畜生……」

ビルの中へ入れないかと思ったが、やはりロックされていて、開かない。

ここで夜明しか？

しかし、スペースは立っているのがやっと。それでも雨の細かい滴がときどき飛んで来る。しゃがんでもいられないのだ。

「参ったな……」

と、植草は呟いた。

馬じゃないのだから、立ったまま寝るというわけにはいかない。

少しでも止んでくれたら、どこかの地下道にでも駆け込むのだが……。

そのときだった。車のライトが近付いて来て、タクシーが停った。

玄関の前ではない。少し離れた辺りで停ったのである。――降りて来たのは、スーツの上に赤いレインコートをはおった女性で、傘をささずにそのまま足早にビルの脇へと駆け込んで行った。

どこへ行ったんだろう？

様子を見ていると、少しして、またタクシーが停った。やはり降りて来たのは女性――スーツ姿の、いかにも仕事のできそうなタイプだ。

傘をさして、またビルの脇へと入って行く。

そして、またすぐにもう一台のタクシーが停った……。

――何だろう？

たぶん三十代後半ぐらいと見える女性三人が、ビルの脇へと消えていく。

「そうか……」

ビルの通用口が、きっとあの脇を入った所にあるのだ。それにしても、こんな時間から何の仕事だろう？

雨が、ちょうど一旦上った。

植草は、思い切って玄関先から出ると、あの三人の女たちが消えた方へと急いだ。

たまった水をはねて、足は濡れたが、構わずビルの脇へ回る。

ポカッと明るくなっているのは、確かにドアだ。よし！

急いで走って行くと、やはり〈夜間通用口〉というドアがあった。しかし、当然のことながら開かない。

そう簡単に開いたら不用心だが。

やれやれ……。

これじゃ、外で立ったまま、というのは変らない。

また雨が降り出したら、いる所がない。

すると――車の停る音がして、見れば表通りにタクシーが停っている。

あれはもしかして……。

また女がこのドアへやって来るのかもしれない。植草は急いでドアの前から離れて、暗がりの中に身を潜めた。

やはりそうだ！――スーツ姿の女が一人、小走りにやって来ると、バッグからカードを取り出し、リーダーに通して、ドアを開けた。

とっさのことで、植草はほとんど何も考えずに、閉りかけたドアへと駆け寄ったのである。

ドアが自動的に閉る寸前、植草は指を引っかけて止めた。開けて中を覗くと、女は後ろを振り向くことなく、背中を見せて急いで歩いて行く。

ともかく中へ！　これで雨に降られなくてすむ。

ともかく、ホッと一息ついた植草だったが、今度は、あの女たちが、こんな深夜に一体何のために集まっているのか、気になって来た。

ロビーへ出てみると、エレベーターは三階で停っている。――三階くらいなら、歩いて上っても大したことはない……。

そう思ったものの、ホームレス暮しで、ろくに栄養になるものを食べていないことが想像以上にこたえていたとみえ、三階へ辿り着いたとき、植草は動けないほど疲れていた……。

薄暗い廊下に、明るい女たちの笑い声が響いた。ガラス扉の一つから明りが廊下へ差している。

何をやってるんだ？

やっとこ立ち上ると、そのガラス扉の方へそっと近付いてみる。

ガラス扉には、〈第一会議室〉とあった。

こわごわ覗くと、テーブルを囲んで女が三人、何やら話している。――四人いたはずだが？

しかし、人数のことよりも、植草の目はテーブルに置かれた大きなピザにひきつけられ、他のことは考えられなくなってしまった。

お腹がグーッと鳴る。

女たちはピザをつまみながら、紙コップでコーヒーを飲んで、おしゃべりしている様子だ。――植草の所まで、ピザのチーズの匂いが漂って来て、空腹感で目が回りそうだった。

「もう、限界ね」

と、一人が言うのが聞こえた。

「そうね。一年と……三か月？」

「二か月よ」

「そうか。よくもったわね」

「でも、次はどうする？　すぐにこれっていうのが見付かるかどうか」

「捜しましょ。何も今日明日でなくたっていいわ」

「そりゃそうだけど……。次が見付かってから今のを始末したら？」

「心配性ね。大丈夫。あのレベルのなら、必ず見付けてくるわ」

何の話をしているのだろう？

しかし——ピザは大判を二枚、大分余りそうだ。そのまま残して行ってくれたら……。

植草はツバを呑み込んで、じっとピザに見入っていた。

全く、足音には気付かなかった。

いきなり肩をぐいとつかまれて、植草は飛び上るほどびっくりした……。


「——よく食べるわね」

と、感心するというより呆れて眺めている四人の女性。

その視線も気にはなりながら、植草は必死でピザを食べ続けていた。

「あなた、いくつ？」

と、一人が訊いた。

「は……。あ、三十八です」

「へえ。ホームレスになって、どれくらい？」

「三か月……です」

ピザが口に入っているので、言葉は細切れになる。

「まだ、そうみじめな格好じゃないわね」

「ご家族とかは？」

「はあ……。妻と……男の子が一人……」

「お宅で待ってらっしゃるの？」

「いえ……。失業すると同時に実家へ……。私には『来なくていい』とメモが……」

「あらまあ」

「マンションは他人に売られていて……。私は何も知らなかったんです……が」

「ひどいわね。連絡取れないの？」

「妻も息子も、ケータイ番号を変えてしまって……いまして」

植草は大きく息をつくと、「ああ……。ごちそうになりまして」

と、頭を下げた。

「お茶、どうぞ」

と、紙コップの熱いお茶が出されて、植草は感激した。

「こりゃ……どうも。熱いお茶なんて、久しぶりだ！」

と、一口飲んで涙ぐむ。

「今夜、泊る所は？」

「いえ……。できればここのビルの中で、と思ってるんですが。どこでもいいんです。いけませんかね？」

と、植草は言ってから、「ところで――皆さん、こんな時間に集まって、何を話しておられたんです？」

1　惚れる

「いやだ。酔っ払いかしら」

と、神田聡子が眉(まゆ)をひそめる。

「誰が？」

一緒に歩いていた塚川亜由美が訊く。

「ほら、あそこ。街灯の下でフラフラしてるじゃない」

言われてみれば……。

亜由美たちの行く手に、ひどく足のもつれた様子の男が一人。

「気にしないで、パッと通り抜ければいいのよ」

と、亜由美は言った。

「そうね」

――寂しい夜道である。

女の子とはいえ、もう大学生。コンパや付合いで遅くなることもある。

親友同士の二人は、足取りも揃えて、タッタッタッと足早に、その街灯のそばを通り過ぎよ

うとしたが、

「おい、待て！」

と、突然その酔っ払いが亜由美の腕をつかんだのである。

「何するんですか！」

と、亜由美は振り放そうとしたが、

「逃がさないぞ！　俺を馬鹿にしやがって！」

と、男は亜由美に抱きつこうとする。

「何よ……。あんたのことなんか知らないわ！」

亜由美は必死に押し戻して、「聡子！　手伝ってよ！」

と、声をかけたが、親友の方は、少し離れて手を出しかねている。

そこへ、

「ウォーン！　ウアン！」

と、ドスの利いた鳴き声がして、黒い影が男に飛びかかった。

「ワッ！　いてっ！」

男があわてて振り払おうとしてよろけ、尻もちをつく。

「ドン・ファン！」

亜由美の愛犬、ダックスフントのドン・ファンが、男の足首にかみついた。

「ワーッ！」

男は転るように、「勘弁してくれ！——分ったから！」

と、悲鳴を上げながら、ヨロヨロと逃げて行ったのである。

「ドン・ファン！　良くやった！」

「ワン」

長い胴体をいささかぐいとそらして（？）得意げに一声。

「それにひきかえ、人間の友だちの方は……」

と、亜由美がジロッとにらむと、聡子はあわてて、

「大丈夫？」

「何よ、ボーッと見てるだけで」

「そんな……。どうやって助けようかなあ、って考えてたのよ」

「いい加減ね、全く！」

「ごめん……。刃物でも持ってたら、と思ったら怖くてさ」

と、手を合せる。

「じゃ、私が刺されるのならいいわけ？」

「まあ……自分が刺されるよりは」

聡子は正直なのが取り柄。亜由美はふき出して、

「ま、そこが聡子らしいわ。早く帰ろ。――ドン・ファン、あんた一人で来たの？」

そこへ、

「何かありましたか」

と、のっそり現われたのは――。

「殿永さん！」

殿永部長刑事の大きな体が現われる。

何かと事件に巻き込まれることの多い亜由美とは、何となく仲がいい。また、亜由美の母、清美とはメール友だち。

「お母さんに頼まれましてね。もうそろそろあの子が帰って来るころだから、迎えに行ってやって下さいとおっしゃって」

「刑事さんをこき使うなんて！　困ったお母さん」

「いや、市民の安全を守るのが我々の役目ですからね」

と、殿永は笑って、「しかし――ドン・ファンが吠えてましたね」

「酔っ払いが絡んで来たんです。たぶん――誰かと間違えたんでしょ」

「そうでしたか。じゃ、ドン・ファンほども私は役に立たなかったというわけですね」

「でも、それは――」

と、亜由美が言ったとき、

「ギャーッ！」

と、男の叫び声が聞こえて、三人とも立ちすくんだ。

「――亜由美」

「今の声……。さっきの酔っ払いかな」

「方向はそうだけど」

「行ってみましょう」

殿永が先に立って駆け出した。

数十メートル先に、男は倒れていた。

「わあ……」

と、聡子が絶句した。

亜由美だって、いくら事件に慣れていても、血だらけの死体なんて、見て楽しいものではない。

「この男ですか」

と、殿永が訊く。

「ええ……。この人でした」

殿永はかがみ込んで、

「喉をかき切られている。死んでいます」

「殺人……ですね」

「ええ。そういうことです」

と、殿永はため息をついて、「塚川さんはよく事件を招き寄せる方ですな」

「何も好きで招いてません」

「分ってます。——しかし、これは大変です。お二人はドン・ファンと一緒に先に帰られて下さい」

「でも……いいんですか？」

「後であなたのお母さんに何を言われるか分りませんからね」

刑事にここまで言わせる母のことを、亜由美は少々尊敬さえしてしまったのだった……。

「まあ、亜由美に絡んだ男が殺されたんですか」

と、清美は殿永にコーヒーを出しながら、「じゃ、一番の容疑者は亜由美ってことになりますわね」

「お母さん！」

と、亜由美は母をにらんで、「自分の娘が人殺しなんてするかどうか、親なら分るでしょ」

「分るわけないじゃないの。親子ったって、二十年以上別々の人間として生きてるのよ」

聞いていた殿永が微笑んで、

「いや、お母さんのお言葉は誠に奥が深い。しかし、今日の場合、男の悲鳴を聞いたとき、私も一緒にいましたから」

「まあ、それじゃこの子がやったんじゃないんですね」

「お母さん、私でなくてがっかりしてない？」

「亜由美」

と、聡子がつついて、「言い過ぎだよ」

「どっちが言い過ぎよ」

と、亜由美はむくれている。

「被害者の名は、丸山浩士。——ご存知ですか？」

「いえ、全然」

「そうですか。持っていた運転免許証で分ったんですが……。それ以外のことは分りませんでした」

「背広でしたね。サラリーマン？」

「それがね……。ふしぎなんです」

「というと？」

「着ていたスーツ、イタリア製の、何十万もする品でした。本物です」

「へえ。そんな風に見えなかった」

「確かに。――高級スーツは着ていますが、もうかなりくたびれていました。あの一着を、ずっと着ていたようですね」

「つまり……落ちぶれたってこと？」

「分りませんが……。札入れは、本革の、高そうな物です。でも、入っていたのは千円札が二枚だけ。カードも何も入っていません」

「他には？」

「小銭入れに七十円。――それがポケットの中身のすべてです」

と言ってから、殿永は、「ああ、そうそう。あと、この一枚の写真です」

取り出した写真はビニール袋に入れたままだった。スーツ姿の女性。

「どこの誰か分りません。しかし惚れていたんでしょうね。裏に……」

写真を裏返すと、赤いペンで、ハートのマークが、大きく描かれていた。

「キャリアウーマン風ですね」

と、亜由美は言った。「三十代……半ばくらい？」

「そんなところでしょう。しかし、この写真だけでは調べようがありません」

「そうですね……」

亜由美は、まじまじと写真を眺め、「なかなか美人ですよね」

と言った……。

2 通い妻

「部長」

と、秘書が言った。「今日のお昼ですが——」

「ああ、簡単でいいわ。夜はパーティを二つ回るから。おそばを取って」

と、沢奈美江(さわなみえ)は言った。

「かしこまりました」

秘書の加藤(かとう)ユリはメモを取って、「あの——部長。一つ、お願いが」

「なあに？」

「昼休み、ちょっと出かけたいのですが」

「いいわよ。デート？」

「残念ながら、妹とです」

と、加藤ユリは笑って言った。「大学受験の準備に上京して来るので」

「妹さん？　ずいぶん年齢が——」

「はい。今十八で、高三です。私と十四歳違うので、親子みたいです」

加藤ユリは、今三十二歳。見た目は若々しく、二十五、六で通るだろう。

「それは楽しみね。ゆっくりしてらっしゃい。午後も特別な用事はなかったでしょ」

「では……一時半には戻ります」

加藤ユリは一礼した。

紺の地味なスーツの加藤ユリと比べ、〈N広告〉の企画部長、沢奈美江は明るいピンクのスーツ。

パッと華やかな雰囲気の女性である。四十歳での部長は、〈N広告〉でも、最も若い。

「午後三時に、歯医者の予約、入れておいてくれる？」

と、沢奈美江は言った。

「かしこまりました」

ユリが行きかけると、

「ユリさん」

と、沢奈美江が呼び止めた。

「はい」

「今夜は――誰だった？」

微妙に口調が違う。

「はあ。今夜は……江口(えぐち)課長です」

「ゆかりさんか。――ありがとう」

「いえ……」

ユリが席に戻ると、ケータイが鳴った。

「――もしもし」

「あ、マミ？　今どこなの？」

「地下鉄の駅に着いたところ。早過ぎた？」

明るく若々しい声が弾けるように飛び出して来た……。

「うん、分った。――〈R〉ね？　あ、あった！　じゃ、そこに入って何か飲んでるからね。喉渇いちゃった！」

と、加藤マミは言って、公衆電話の受話器を置いた。

目の前に、姉ユリの言った、〈R〉という喫茶店がある。

そこへ入ろうと、足下に置いたバッグへ手を伸すと――。ない？

「え？」

ハッとして見回すと、自分の赤いバッグを手に、若い男が小走りに逃げて行く。

「待って！」

と、マミは追いかけた。

しかし、男も気付いて走り出した。

「待って！　泥棒！　バッグ、返して！」

何もかもがそれ一つに入っている。

マミは必死で追いかけた。

しかし、マミが、

「泥棒！――泥棒！」

と、走りながらいくら叫んでも、道を行く人々は誰もその男を止めようとはしてくれないのだった。

人をよけながら駆けていたから、その男もそうスピードが出なかった。普通ならとっくに見えなくなっているだろう。

すると――。

「ワッ！」

と、声を上げて、バッグを持った男が転んだ。

足を出して、男をつまずかせたのは、中年の紳士で、

「何しやがる！」

と、バッグを盗んだ男が立ち上ると、

「馬鹿め！」

と、平手打ちした。

「畜生！——覚えてろ！」

男はバッグを放り出して逃げて行ってしまった。

「すみません！」

マミはハァハァ息を切らしつつ、「そのバッグ……」

「君のかね？」

と、紳士はバッグを拾い上げて、「君、東京へ出て来たばかり？」

「ええ……」

「じゃ、無理もないが、自分の持物はしっかり持つように。必ず見える所に置いてね」

「はい、そうします」

「さあ、持って行きなさい」

「ありがとうございます！」

その中年の紳士は、マミを見てニッコリ笑った。

マミは、東京へ出て来て、わずか二十分ほどで、早くも恋をしてしまったのだ……。

「マミ、あんたどうかした？」

と、加藤ユリは妹を一目見て言った。

「どうか、って……」

「何だか……心ここにあらずって風だから」

「そう？」

しかし、ユリの方もそうそうのんびりしてはいられない。

「さ、お昼食べに行こう」

と、マミの伝票を手にして言った。

「お昼？」

「そうよ。あんた、お昼、食べちゃったの？」

マミは目をパチクリさせて、

「あ、食べてない」

「全くもう……。しっかりしてよ」

と、ユリは苦笑した。

待ち合せた喫茶店を出て、ユリは妹をイタリア料理の店に連れて行った。

マミもさすがに食欲旺盛な十八歳で、一旦お腹が空いていることを思い出すと、凄い勢いで食べ始めた。

「――ゆっくり食べていいのよ」

ユリは手にしていた紙袋から包装した箱を取り出した。「さ、これ、あんたにプレゼント」

「何なの？」

「開けてごらん」

「うん」

包装をビリビリと破いて、マミの目は輝いた。「――お姉ちゃん！　ケータイだ！」

「やっぱり、ないと不便だからね、東京じゃ」

「ありがとう！」

と、飛び上らんばかり。「やった！　ケータイだ、私の！」

「分ったから、騒がないで！　お店の人がびっくりするわ」

と、ユリは笑って、「むだな使い方しないのよ」

「うん！」

と、早くも電源を入れて、「友だちに写メール、送ってやる」

「今は食べなさい。――いい？　私も忙しいから、そうそうあんたの世話していられないわ」

「うん、分ってる。大丈夫よ、もう子供じゃない」

マミは来春の大学受験を控えて、この年の暮れ、一週間ユリの部屋に泊って、受験のための準備をするのである。

「まず、あんたのベッドを入れて、机も用意しないとね。今度の週末に買いに行きましょう」

「うん。でも……」

「何？」

「私、原宿にも行きたい」

「マミ、遊ぶのは大学受かってからにしなさい」

と、ユリはにらんだ。

「はい」

と、マミが首をすぼめる。

ユリは笑って、

「ちゃんと案内してあげるわよ。心配しないの」

「わ、やっぱお姉ちゃん！」

と、マミは手を打って喜んでいる。

すると、そこへ、

「あら、ユリさん」

と、二人のテーブルのそばで足を止めた女性。

「あ、江口課長」

　ユリは立って、「これ、妹です」

「あら、高校生？　いいわね、若くって」

「マミといいます。マミ、うちの社の課長の江口ゆかりさん」

「よろしくお願いします」

　マミも急いで立って頭を下げた。

「いいのよ、食事続けてちょうだい。じゃ、ユリさん」

「失礼します」

　奥の方のテーブルへと案内されて行く江口ゆかりを見送って、

「へえ……。美人で、仕事できそう」

　と、マミが感心する。

「優秀な人よ。——あ、そうそう。大学の下見は？」

「行くよ、もちろん」

　と言って——マミは食べる手を止めた。

　マミの目は、レストランに入って来た男をずっと追いかけていた。

　あれは——さっきの人だ！

　マミのバッグを取り戻してくれた紳士が、奥のテーブル、正に今の江口ゆかりのテーブルに加わったのである。

すると、ユリのケータイが鳴った。

「ちょっとごめん。食べてなさい」

と、ユリが席を立った。「――もしもし、加藤です。――はい、どうも」

姉が店を出て行くのを見て、マミは自分のケータイを取り出すと、写真モードにした。

今は故郷の高校でも、たいていの子はケータイを持っているから、マミも使い方は心得ているのだ。

マミはそっとレンズを奥のテーブルへ向けた。

さっきの江口ゆかりと、あの紳士が二人で食事しているところをしっかり撮影した。

まるでマミが注文したかのように、江口ゆかりがやはりケータイが鳴って、立ち上り、店から出た。

マミは、ためらわなかった。姉がきっとすぐに戻って来るだろう。

ケータイを手にしたまま立ち上ると、奥のテーブルへ真直ぐに向った。

半ば背中を向けていた紳士は、マミが声をかけるまで気付かなかった。

「さっきはありがとうございました」

振り向いた紳士もすぐに思い出して、

「やあ、君か！　偶然だね」

と、笑顔になった。

「アドレスを」

「え？」

「アドレス、交換して下さい」

だしぬけに、こんなことを言ったらびっくりするだろう、とは思ったが、マミはそう口に出さずにいられなかった。

紳士は一瞬、戸惑ってマミを見上げていたが……。

――マミが席に戻ると、姉のユリはすぐ戻って来た。

「お姉ちゃん、大丈夫なの？」

「うん。今、指示したから。さ、私も食べちゃおう」

マミは、あの席へ江口ゆかりが戻って行くのを、そっと横目で見ていた……。


〈突然でびっくりしたでしょう？

驚かせてごめんなさい。でも、偶然あのレストランであなたと再会できた機会を逃したくなかったの。

だって、こんなこと、もう二度とないだろうし……。

こうして、メールのやりとりだけでも、あなたとつながっていられてうれしい！　もし良かったら、返事下さいね。

私の名前はマミです！〉

可愛い絵文字に彩られたそのメールを、植草治夫はソファに横になって読んでいた。

あの少女のひたむきな目。——植草が忘れていた熱い感情が、そこからは伝わって来た。

——玄関の方で音がして、植草は急いでケータイをたたんでポケットへ入れた。

「遅くなってごめんなさい」

と、スーパーの袋を抱えて居間へ入って来たのは江口ゆかり。「なかなか出られなくって」

「いや、構わないよ。何か手伝おう」

と、植草は立ち上った。

「いいのよ。大した手間じゃないわ。座ってて」

いつもの会社での顔とはずいぶん違う、わくわくしている娘のような笑顔だ。

江口ゆかりはスーツの上着を脱ぐと、エプロンをつけてダイニングキッチンへと向った。

植草は改めてマンションの中を見回した。

もう大分慣れたものの、それでもどこか落ちつかない。

このマンションは、もちろんホームレスだった植草が借りられるわけもない。——ここを借りているのは、〈N広告〉の、四人の女性社員。

あの九月の夜に、植草にピザを食べさせてくれた四人である。

植草は、このマンションにタダで住み、さらに〈お手当〉をもらい、遊んで暮している。

植草の仕事は、四人を相手に〈夫婦ごっこ〉の夫の役を演じることだ。

独身で、仕事に生きて来た四人。——彼女たちが、

「結婚は面倒だけど、時々夫婦をやってみたい」

と、考え付いたのが、「夫を雇うこと」だったのだ……。

四人は交替でこのマンションに来て、夕食を作ったり、外へ出て食べたり、普通の夫婦のように過す。

そしてベッドでは——植草が「奮闘」しなくてはならない。

四人は忙しいので、毎夜必ず誰かが来ているわけではないが、それでも三十八歳の植草にとってはかなりの「重労働」である。

初めの内こそ、

「こんな天国みたいな暮し、しててていいのか？」

と思ったものだが、何か月かたって、今はこの日々の危うさを感じるようになっていた。

四人が植草を気に入っている間はいい。しかし、飽きられたら？

植草は、自分の前に、誰かがここに住んでいたことに気付いていた。その男はどうなったのだろう？

「——さ、ご飯にしましょ」

と、江口ゆかりが呼びに来た。「お風呂、一緒に入りましょうね」
植草はゆかりの目が燃えるように自分を見つめているのを感じていた……。

3 キャンパス

「先生？」

亜由美は谷山の研究室のドアを開けて、「――いないの？」

う――ん……。

何やら唸り声が聞こえて、古ぼけたソファから、谷山が起き上った。

「昼寝してたの？」

と、亜由美は苦笑して、「講義、忘れないでよ」

「もう午後は暇なんだろ？」

谷山は亜由美と一応恋人同士。

「何か用事？」

「うん。来年の受験生に、大学を案内してやってほしいんだ」

と、谷山は言った。「ちょっと知り合いを通して頼まれててね」

「お安いご用。――どこにいるの？」

「一時にここへ来ることになってる」

と、谷山は言った。「加藤マミって子だ。頼んだよ」

「加藤マミね。分ったわ。——あら、どこか行くの？」

谷山が上着を着ているのを見て訊く。

「ちょっと学内の打合せがあるんだ。君、ここでその子を待っててくれ。いいだろ？」

「うん。いいけど……。その用で私を呼んだだけ？」

と、口を尖らす。

「いや、打合せが終ったら、たぶん一時間くらいで戻って来る。そしたら今日は時間があるんだ」

「そう来なくっちゃ！」

亜由美は、出かけようとする谷山を捕まえて、抱きつくと、キスした。

正にそのタイミングでドアが開き、

「あの——」

と、顔を出した女の子が、「ごめんなさい！」

と、あわててドアを閉める。

「いいんだ！　おい、君！」

と、谷山があわてて呼んだ。

亜由美は平然として待っていたが、谷山が駆けて行ってドアを開ける。

少しおずおずと入って来た少女は、

「加藤マミです……」

「うん、聞いてるよ。この塚川君が学内を案内してくれるからね」

谷山は何度も咳払いして、「じゃ、頼むよ」

「はいはい。行ってらっしゃい。——ちょっと！　何も持たなくていいの？」

「そうだった！」

谷山はファイルを取りに戻ると、あわてて出て行った。

「——私、塚川亜由美。よろしく」

「よろしくお願いします！」

と、ピョコンと頭を下げ、「あの……お邪魔してすみません」

亜由美は笑って、

「そんなことで謝らなくていいのよ」

と言った。「こんなことで驚いてたら、東京の大学なんか通えないわよ」

「え？　こういうのって、普通なんですか？」

と、マミが目を丸くする。

「もちろんよ」

と、澄まして、「さ、大学の中を案内してあげる」

亜由美は加藤マミを促して、谷山の研究室を出た。

「へえ……」

マミは、学生食堂の中を見回して、「いわゆる〈学食〉ってイメージと、ずいぶん違う」

「今は学生の好みも色々だからね。その代り高いわよ」

「そうですね。——おこづかい、増やしてもらわないと」

加藤マミは、素直で明るく、亜由美は大いに気に入った。

一休みというので、学生食堂に入って、チョコレートパフェをおごっているところである。

「あなた、東京じゃ一人暮し？」

「姉がOLしてるので一緒に暮すつもりです。——でも、その前に試験に受からないと」

と、マミは笑った。

「頑張ってね。待ってるわよ」

と、亜由美は言った。「念のために言っとくわ。谷山先生と私は特別なの。どの学生も先生とキスしてるわけじゃないわ」

「そう聞いて安心しました」

と、マミは笑った。「あ、ケータイだ」

　マミはケータイが鳴ったので、急いで出ると、

「あ、お姉ちゃん、今どこ？——ええ、親切に案内してもらって、今学生食堂」

　マミは亜由美へ、「姉が来ていて。ここに来させてもいいですか？」

「もちろんよ」

「もしもし。じゃ、学生食堂に来てくれる？——うん、待ってる」

　亜由美は微笑んで、

「いいわね。やさしいお姉さんがいて」

「塚川さんは？」

「私は一人っ子」

「いいなあ。大事にされるでしょ？」

　二人は一緒に笑った。

「お互い、羨しがってればいいわね」

　と、亜由美が言っていると、

「亜由美、いつ妹ができたの？」

　と、神田聡子がやって来て、ポンと肩を叩いた。

「あ、聡子。——あのね、これは悪友の神田聡子。この子は来年うちの大学に来る、加藤マミちゃん」

「ちょっと！　悪友はないでしょ！」

「よろしく」

と、マミは笑って、「私、何だかもうここの学生になったみたい」

「合格しなかったら、ただじゃおかないわよ」

「私も何か食べよう！」

と、聡子が椅子を引いて座る。

三人で「甘いもの会」を開いていると、食堂の入口に立ったのは加藤ユリ。

「あ、お姉ちゃん！」

と、マミが立ち上って手を振った。

「――マミ、こんなことしてていいの？」

と、足早にやって来ると、「姉の加藤ユリです。谷山先生の――」

「代理です」

亜由美は立ち上って、自己紹介した。

「まあ、ごちそうに？　とんでもない！　私が払います」

と、ユリが言った。

「いえ、ここ先払いですから。いいんです。これくらい」

「すみません……。マミ、よくお礼言ってね」

「お姉ちゃんも何か食べる？」

「私はいいわ。太っちゃう」

亜由美は、ふと加藤ユリの顔を眺めて、

「あの……以前どこかでお会いしました？」

と訊いた。

「さあ……。私は記憶ありませんが」

「失礼しました。思い違いかも」

——マミが食べ終って、

「この後はどこ回るんですか？」

と、亜由美に訊いた。

「そうね、体育館、講堂……。入試の会場になる辺りを、見ておいた方がいいでしょ？」

「あ……写真」

と、聡子が言った。

亜由美が聡子の足をけとばした。

「いてっ！」

「聡子、マミちゃんを体育館に案内して。私、谷山先生に連絡しなきゃいけないことがあるの」

「分ったわよ……」

　思い出していたのだ。

　あの、夜道で殺された丸山浩士という男が持っていた写真の女。それは間違いなく加藤ユリだったのである……。


「どうもありがとう！」

　と、マミは手を振った。

「こら！　馴れ馴れしいでしょ」

　ユリは妹をつついて、「では……」

　と、亜由美たちへ会釈した。

「頑張ってね！」

　と、亜由美が声をかけると、

「はい！」

　マミは力強く答えた。

　ユリがタクシーを停め、二人はタクシーの窓から手を振って、去って行った。

　亜由美と聡子は校門の所で顔を見合せた。

「確かにあのお姉さん……」

「そうですな」

と、やって来たのは殿永だった。

あのハートの描いてあった写真を手にしている。

「間違いなく、この女性だ」

「これ、彼女の名刺です」

と、亜由美が渡すと、

「〈N広告〉企画部長付秘書、加藤ユリ……。いや、助かりました」

と、殿永は肯いた。

「でも、もしあの人が犯人だったら……」

と、聡子が言った。

「まさか。——犯人とは限らないわよ。とても男の喉をかき切る女には見えない」

「先入観を持たずに捜査しますよ。ご心配なく」

と、殿永は言った。

「お願いします。あのマミって子、本当に可愛いんだもの」

亜由美はいささか後ろめたさを感じていた。

でも——そうだわ、あのお姉さんが「犯人じゃない」ことを証明すれば、それでいいのよね……。

「おーい！」

谷山が手を振っている。

「あ、やっと戻って来た。殿永さん、じゃ、よろしく」

亜由美は谷山の方へと駆けて行った。

「若いことはすばらしい」

と、殿永が言うと、

「ちっとも」

と、聡子がむくれていた……。


「さあ、どうぞ」

テーブルに手料理が並んで、沢奈美江は、植草に椅子をすすめた。

「こりゃどうも……」

植草は首を振って、「いや、旨いんですよね、沢さんの料理は」

「まあ、ありがとう」

と、沢奈美江は嬉しそうに、「ゆっくり召し上ってね」

「いただきます」

植草は食事を始めると、「──沢さん、一緒に食べないんですか？」

「いただくけど……。作りながら、一口ずつつまむから、結構お腹が一杯になっちゃうのよ」

「ああ、よくお袋がそう言ってたな」

と、植草は笑って、「いえ、沢さんとは年齢が違いますけどね」

「でも、私は四人の中で一番年上だもの」

と、奈美江は言った。

「でも、四十で部長でしょ。大したもんですよ」

「ただの肩書よ」

と、奈美江はお茶を注いだ。「――この肩書のせいで、恋人も失くした」

「肩書のせい？」

「私、ライバル企業の男とね、恋人同士だったの」

と、奈美江は言った。「向うが三つ年上で、妻子のある人だった……。でも、私は結婚できなくても良かったの。ときどき会ってるだけで。でも……」

「どうしたんですか？」

「その男がね、大口の取引きをうちに取られて、部長代理から課長に降格されたの。ちょうど私が部長代理になってすぐだった」

「それが原因ですか」

「そう。——自分の方が肩書上で上にいる間は、『お互い、仕事は忘れて、男と女だ』とか言ってたのに、いざ私の方が上になると……。同じ会社にいるわけでもないのに。面白くないのね。その内、『俺の取引きを横盗りしただろう』とか言い出して。——それで別れたの」

「やれやれ……。男ってのは、プライドの生きものですね。——僕みたいなのもいるけれど」

「いいじゃないの。私、あなたといると、ホッとするわ」

こうして二人でいると、意外なほど沢奈美江は母親的な雰囲気を持っている。

「江口さんや加藤さんほど美人じゃないし、木島さんほど色っぽくないし……」

と、自分のことを言っている。

江口ゆかり、加藤ユリは整った美人。もう一人の課長、木島久美子はいささか色気過剰なタイプ。

「あら。ごめんなさい」

ケータイが鳴って、沢奈美江は出ると、「——ええ。——そんな！——分ったわ、すぐ行きます」

通話を切ってため息をつく。

「仕事？　誰か他の人に——」

「これは無理。仕方ないわ」

沢奈美江は立ち上って、「残念だけど、次の担当の日にね」

と、植草にキスした……。

「じゃ、気を付けて」

と、玄関で植草は沢奈美江に声をかけた。

「ありがとう。それじゃ」

——沢奈美江が行ってしまうと、

「さて……」

植草は食卓に戻って、「こんなに、一人じゃ食べ切れんな」

と呟いた。

実際、四人の女たちの中でも、沢奈美江は一番料理が上手い。

「もったいないな……。冷凍しとくか」

と考えていると、玄関のチャイムが鳴った。

「あれ？　忘れ物かな」

と、玄関へ出て、「——どうしました？」

ドアを開けると、目の前に立っていたのは、江口ゆかりだった。

「——江口さん、どうしたんです？」

「奈美江さん、会社に戻ったでしょ?　私、代理」

と、江口ゆかりはさっさと上り込む。

「あの……」

植草は面食らって、「でも、沢さんはたった今出てったんですよ」

「知ってるわ」

植草はやっと気付いて、

「それじゃ……」

「私が仕組んで、奈美江さんを社へ戻したのよ」

「しかし、今日は沢さんの日で……」

「構やしないわ」

江口ゆかりが植草へと歩み寄り、「私、どうしてもあなたが欲しかったの!」

と、激しく抱きついてキスした……。

4 動揺

「これでいいでしょ」

と、加藤ユリは言った。

「そんな……。会社の事務机じゃないんだから」

と、妹のマミは口を尖らして、「もっと可愛いのがいい！」

「はいはい」

と、ユリは苦笑して、「でも、使ってみると、こういう方が絶対に便利よ」

——デパートの家具売場。

マミの勉強机を捜しに来たのである。

土曜日の午後。ユリも休みの日だ。

「こっちかな……」

「勝手に決めて！　姉さん、疲れちゃった」

と、ユリは言って、「私、ここに少し座ってるから、見てらっしゃい」

「うん！」

マミは机が並んでいる間を、ダンスのステップでも踏んでいるように見て行った……。

ユリは、売りものでない、休憩用のソファに腰をおろして息をついた。

妹との買物は、疲れるけれど楽しかった。

いつも会っているわけではないので、ついつい甘くなって、あれこれ買ってやってしまう。

それも楽しいのだ。

「——失礼」

という声に、見上げると、大きな体の中年男。

「加藤ユリさんですな」

「え……。そうですが」

「警察の者です。——殿永と申します」

「警察？」

「丸山浩士さんをご存知ですか？」

何を訊かれても、動揺を顔に出さないくらいのことはできる。

「丸山さん……。よくある名前ですね」

と、小首をかしげて、「丸山……浩士とおっしゃいました？」

思い出している風を装いながら、どう答えるべきか考えている。

自分の所へ訊きに来ているということは、何かつながりがある証拠をつかんでいるのだ。否定するのは得策ではない、と思った。

「もしかして……あの丸山さんかしら。名前の方はよく憶えてないんですけど、うちの社に出入りしていた……」

と言って、「その丸山さんがどうかしまして？」

「亡くなったのです」

「あら、お気の毒に。もしあの丸山さんなら、まだお若かったでしょ？」

「殺されたのですよ」

「――殺された？」

ユリは初めて警戒心を見せた。「なぜ私の所へ？」

「これのせいです」

殿永はポケットから写真を取り出した。「あなたの写真ですね」

ユリは否定するわけにもいかず、

「ええ、私です」

と肯いて、「でも――いつ撮ったのかしら？　記憶がありません」

写真を受け取って眺める。

「この写真、どこにあったんですの？」

と、ユリは訊いた。

「丸山浩士さんの上着のポケットです」

「まあ……。でも、どうして……」

「写真の裏を見て下さい」

ユリは写真を裏返してハッとした。

ハートのマークが描いてある。

「――そのハートの印は、やはり丸山さんがあなたを想っていたという意味でしょう」

「分りませんわ」

と、ユリは首を振って、「少なくとも、丸山さんと個人的なお付合いはありませんでした」

「すると、なぜこの写真を持っていたんでしょう」

「さあ、分りません」

と、ユリは言った。「ともかく、私には関係ないことです」

「そうですか」

殿永は写真をポケットに戻した。

そこへ、

「お姉ちゃん！　いいのがあった！――あ、ごめんなさい」

と、マミが戻って来て、当惑したように殿永を見る。

「いいの。もうご用は済んだから」

と、ユリは立ち上って、「失礼します」

と、殿永へ会釈すると、妹を促して歩き出した。

姉妹がいなくなると、亜由美がやって来て、

「何か分りまして？」

「いや、知っているとは認めましたが、付合いはなかった、と」

「本当でしょうか」

「写真を見たときは冷静でしたが、裏のハートのマークを見て、動揺しました」

「これからどうするんですか？」

「写真についた指紋を、丸山浩士の持物の指紋と照らし合せてみます」

と、殿永は言った。「後は——向うが動いてくれますよ」


「マミ、ちょっと先に喫茶店に入ってて」

と、ユリは言った。

「うん。どうかしたの？」

「ちょっとトイレに寄ってく。レモンティー、頼んどいて」

「分った」

やっと机を買って、二人はデパートの中の喫茶店に入ることにしたのだ。

ユリは、マミが喫茶店に入るのを確かめて、足早に化粧室の方へ向った。

その前のスペースで、ケータイを取り出すと、沢奈美江にかけた。

「――部長、加藤です」

「ああ、ユリちゃん、どうしたの？　今日は妹さんと買物でしょ？」

「今、デパートです。あの――刑事が声をかけて来て」

「刑事？」

「部長、ご存知でしたか」

と、ユリは声をひそめ、「丸山浩士さんが殺されてたって」

しばらく向うは黙っていた。

「――もしもし？　部長？」

「知ってたわ」

と、沢奈美江は言った。「記事になってたわよ、小さくだけど」

「でも、なぜ――」

「分らないわ。色々あったんでしょ、きっと。私たちとは関係ないわよ」

「でも……」

「どうしてあなたのことを刑事が？」

「丸山さん、写真を持ってたんです、私の」

「まあ」

「丸山さんのこと、どう言えばいいでしょう？　うちの社に出入りしてた、とだけ言いましたが」

「そうね……。じゃ、何かでっち上げないとね」

「すみません」

「あなたが謝ることないわ。でも――厄介なことにならないといいけどね」

「他の方には――」

「江口さんと木島さんには私から話しておくわ。心配しないで」

「お願いします。お仕事中にすみません。私、夕方には出社しようと思います」

「せっかく妹さんのためにお休み取ったんだから、ちゃんと休みなさいよ」

「でも、今の件もありますし」

「そうね。じゃ、夕方ちょっと顔を出して。夕ご飯は妹さんとお食べなさい」

「ありがとうございます。では……」

通話を切ると、ユリは少し落ちついた。

丸山が殺されたと聞かされたのが、やはりかなりショックだったのだ。

でも沢奈美江が「心配しないで」と言ってくれたのだから……。

ユリは優秀な上司として、また人間的にも沢奈美江が好きだった。

マミは、姉が化粧室へ入るのを見て、化粧室へと入って行った。

ユリはケータイをバッグにしまうと、喫茶店の方へと足早に戻って行った。

刑事。殺人。――一体どうしたというのだろう？

マミは不安だった。大好きな姉の身に、何が起ろうとしているのか……。


「あら」

亜由美は、昼休み、学生食堂に入ろうとして、そこに立っている加藤マミに気付いた。

「――この間はどうも」

と、マミは頭を下げた。

「どうしたの？　何か訊き忘れたことでもあった？」

「いえ……。ちょっと塚川さんにご相談したいことがあって」

「私に？　何かしら。――お昼、食べながら話さない？」

二人でランチを食べながら、

「実は、姉の所に刑事さんが来て」

と、マミは言い出した。

亜由美は、まさか自分が連絡したとも言えず、

「まあ。何の用件で？」

「それが、丸山とかいう人が殺されたって……。塚川さんのこと、ここの他の学生さんから聞いたんです。警察に知り合いがいて、ご自身も色々事件を解決されたって。——お願いです。お力を貸して下さい」

亜由美も、まさかこんなことになるとは思ってもいなかった。

「まあ、落ちついて。——でも私はただの学生よ。別に名探偵ってわけじゃないし……」

「でも、他に頼る方がいないんです。お願いします！」

ひたむきな眼差しで、じっと見つめられると、亜由美も弱いのだった……。

ともかく、マミの話を聞いて、

「——じゃ、お姉さんは『部長』って言ってたのね？」

「ええ。その『部長』さんが、丸山っていう人のことを、何か知っていたようです」

「あなたのお姉さん、〈部長付秘書〉だったわね」

「そうです。部長さんって、姉がよく話してる、沢さんっていう方だと思います」

「分ったわ。——その刑事さんが、一体どういうつもりでユリさんの所へ行ったのか、訊いてみてあげるわ」

「ありがとうございます！」

「でも、あんまり期待しないでね」

と、亜由美はあわてて言った。

そのとき、マミのケータイが鳴った。

「あ、メールだ。すみません」

マミはケータイを取り出してメールを読むと、パッと頰を染めた。「あの――ちょっと失礼します」

亜由美は、いそいそと席を立って行くマミを見送っていたが……。

「亜由美、今の、この間の子じゃない」

と、神田聡子がやって来て言った。

「うん……。心配だ」

「あの子のお姉さんに、何かありそうなの？」

「いえ、あの子自身よ」

「というと？」

「今のメールを読んで、羽でも生えたみたいに飛んでった。あれって、間違いなく恋してる」

「へえ……。そりゃ、恋もするでしょ、十八なんだから」

「だけどさ、あの子、この間話してたでしょ。今度東京に出て来て、初めてケータイ、買ってもらったって」

「あ、そうか」

――マミはすぐに戻って来て、

「あの……すみません。私、ちょっと急な用事ができて」

と、早口に言うと、「勝手言ってすみません！　また、あの――」

「いいわよ、連絡待ってるから」

「はい！」

マミはペコンと頭を下げて、学生食堂を出て行った。

「――聡子」

と、亜由美は立ち上って、「後、頼むね」

「何よ、どうするの？」

「あの子の後を尾ける!」

と、亜由美が駆け出して行く。

「待って！　私も行くわよ！」

聡子もそれを追って走り出した……。

5　年上の男

「今夜は大丈夫なの？」

と、男が訊く。

「ええ」

マミは上気した顔で肯くと、「姉には、中学時代の友だちと会うから遅くなるって言ってあります」

「そうか。じゃ、少し遅くなっても、帰ればいいんだね」

と、男は微笑んだ。「じゃ、ゆっくり食事しよう」

「私……こんなお店、初めて」

マミは、ほの暗いインテリアのフランス料理店の中を見回した。

亜由美と聡子は、あわてて顔をそむけたが、マミの方は二人のことなど、まるで気付いていない。

「——経費、どうするの？」

と、聡子はお財布の心配。

「人助けよ。父のカード、使わせてもらう」

「そうか。じゃ安心だ」

「でも、できるだけ安いもん、頼んでよ」

「だけど、スープとパンだけってわけにいかないでしょ」

かなり、みみっちい「探偵たち」である。

「あの男、どう見ても四十ぐらいだよね」

と、亜由美は言った。

「そうね。確かに若い女の子がポーッとなりそう。着てるものも高級だし」

「そうね……」

亜由美は反射的に思い出していた。

丸山浩士が、高級なスーツを着て、しかもほとんどお金を持っていなかったことを……。

今、マミの会っている男も、身なりは立派だ。物腰も柔らかだし、確かに、どんなことがきっかけになったのか分らないが、マミのような年代の子が、

「素敵なおじさま！」

と、ポーッとしてもふしぎではない。

フォアグラだのキャビアだのトリュフといった、普通の十八歳がまずお目にかかることのない食材が次々に出て来る。

マミとしては、

「私も大人になったんだわ！」

と、感激しても当然だろう。

亜由美と聡子は、オードヴル抜きのスープとメインの料理だけにした。——一応、父親への遠慮というものがあった。

「そういえば」

と、聡子がスープを飲みながら、「あの丸山って男のこと、何か分ったの？」

「殿永さんから、さっきメールが来てた」

「で、何だって？」

「うん、勤めてた会社をクビになって、家族もバラバラになったんだって。でも、それから一年半ぐらいの間、どこで何をしてたのか、さっぱり分らないんだってよ」

「じゃ、あの加藤ユリって人の言ってたのは？」

「あの会社に出入りしてたって言ってたけど、殿永さんの調べた限りでは、そんな事実はないらしい」

「じゃ、何をしてたんだろうね？」

「今、じかにあの社の人に当ってみるより、少し様子を見ようって。警察が調べ始めたと分ったら、きっと何か動くわよ」

――二人は時々マミたちのテーブルの方を見ていた。

男はワインを飲みながら、マミと楽しそうに話している。マミが故郷のことを話すのを、微笑みながら聞いていたりもする。

「見たところ、そう性質の悪いプレイボーイって風でもないけどね」

と、聡子が言った。

「その点は同感。――でも、人間、見た目じゃ分んないからね」

フルコースで、たっぷり時間をかけながら食事していたマミたちのテーブルも、やっとデザートが出た。

亜由美たちは、とっくに食後のコーヒーだったが……。

そのとき、男のポケットでケータイが鳴ったのである。

「ちょっと失礼」

と、男は席を立って、レストランの玄関の方へと急いで店を横切って行った。

「私、化粧室に行って来る」

と、亜由美は立って、玄関の脇にある化粧室へと歩いて行く。

男が店の方に背を向けてケータイで話している。

「――しかし、今日は休みの日ですよ」

と、男は言っていた。「――ええ、それは分ってますが。――分りました。では、あと一時間したら」

　かなり不服そうではあるが、仕方ない、という口調で言って、ため息をついた。

　亜由美がテーブルに戻ると、

「すまないね」

と、男がマミに謝ってきた。「ちょっと急に外国の取引相手が会いたいと言って来て」

「お仕事だもの、仕方ない」

と、マミは言った。「ね、植草さん、また会ってくれる？」

「しかし、君は一旦帰るんだろ？」

「ええ。――でも、あと何日かはいるわ。時間、作れない？」

「そうだな……。昼間なら、何とかなるかもしれない」

「じゃ、大丈夫な時間、知らせて。私、何があっても飛んで行く」

　マミはひたむきだ。

　植草というのか、あの男。――亜由美はケータイを取り出して、メモ機能に〈植草〉と入力しておいて、カメラのボタンを押すと、

「聡子、ちょっと大きくクシャミして」

「え？　ああ……。じゃ、いい？」

　聡子のクシャミに合せて、亜由美はケータイで肩越しに植草の写真を撮った。

「じゃ、僕はもう行くよ」

と、植草は言って、「君は紅茶、ゆっくり飲んで行きなさい」

「いえ、いいわ」

「しかし――」

「一緒に行ける所まで、ついて行く!」

十八歳の女の子にこう言われたら、拒めないだろう。

植草は、ウエイターを呼んで、

「支払いを」

と言った。

すぐに伝票が来ると、植草は札入れを取り出した。

「聡子、見て」

「え?」

「あの植草って男、現金で払ってる」

「そうね……」

「自分で言ってるようなビジネスマンなら、たいていはカードで払うわよ」

「そうだね」

「丸山が、やっぱり札入れを持ってたけど、カードは一枚もなかった」

聡子は植草を眺めて、

「つまり……どういうこと?」

「よく分らないけど……。ともかく、植草って、あの丸山と似てる」

と、亜由美は言った。

支払いを済ませると、植草とマミはレストランを出た。

亜由美たちは、とっくに支払いも済んでいたので、すぐ後を追った。

「じゃあ、ここで」

と、植草は言って、足を止めた。「タクシーを停めようか?」

「ううん、電車で帰るわ」

と、マミが首を振って、「高校生だもの、タクシーなんて……」

「そうか。そうだな。——じゃ、僕は人を待たせてるから」

「ごめんね、わがまま言って」

と、マミは言って、少し潤んだ目で植草を見上げた。

二人の唇が重なり合う。

——亜由美たちは、少し離れた所からその二人の様子を見ていた。

「何とか無事に終ったね」

と、聡子が言った。

「キスで済んで良かった、ってこと?」

マミは、地下鉄の駅へと姿を消した。

植草は、タクシーを停めるような格好で、広い通りの脇に立っていたが、マミの姿が見えなくなると、足早に歩き出した。

亜由美たちは尾行を続けた。

植草は、十分ほど歩いて、マンションの中へと入って行った。

「——ここに住んでるのかしら」

「そんな風ね」

亜由美はマンションを見上げた。

そこへ、住人らしい中年の女性が、スーパーの袋をさげて、マンションへ入って行く。

「あの——すみません」

と、亜由美が声をかけて、「丸山さんという人を捜してるんですけど、このマンションにおられませんか」

「丸山さん?」

「丸山浩士さんという男の人で、四十歳くらいの……」

「ああ、あの丸山さんね」

と、女性は肯いて、「ここの七階に一人で住んでたわよ。人当りのいい、紳士だったけど」

「今はおられないんですか？」

「ええ。二、三か月前に急に見えなくなったの。——その後、何だか似たような男の人がまた一人で入ってるわ。植田……とか何とかいう」

「植草さん、ですか」

「あ、そうそう。——でも、丸山さんがどこに越したかは知らないわね」

と、女性は苦笑して、「でも、もてたみたいよ。よく女の人が訪ねて来てた」

「そうですか……」

亜由美は礼を言って、マンションを出た。

「——丸山がここにいたってことは分ったわね」

「どういうことかしら？」

「何だか……。ぼんやりだけど、分って来たような気がする」

と、亜由美は言った。「あんまりいい気持はしないけどね」

6　深夜会議

「お姉ちゃん、出かけるの？」

風呂（ふろ）から上って、バスタオルを体に巻いたマミが、スーツを着ている姉を見て言った。

「うん。急な会議なの」

と、加藤ユリは言った。「先に寝てなさい」

「うん……」

マミはふしぎそうに、「でも、もう夜中だよ」

「これが仕事ってものよ」

ユリはバッグをつかむと、「それから、荷物を詰めときなさい、今夜中に」

と言った。

「え？」

「明日、家へ帰りなさい」

マミは啞然（あぜん）として、

「待ってよ、お姉ちゃん！　あと二、三日いることにしてたじゃない」

「明日帰らなきゃだめ」

「どうして？——私、いやだ！」

と、マミはふくれて、「いきなりそんなこと、ひどいよ！」

「そう？」

ユリはケータイを取り出すと、「これでも？」

ユリが液晶画面を見せる。——マミは息を呑んだ。

そこには写真が——マミが植草とキスしているところが写っていたのだ。

「お姉ちゃん……」

「私はね、こんなことさせるために、あんたを東京の大学へやるつもりはないの。あんたは、向うで就職でもしなさい」

マミは真赤になって、

「ひどいよ、お姉ちゃん！　私のこと、見張ってたの？」

「どうも様子がおかしいと思ってたのよ。あんたは隠してるつもりだったろうけど、一目で分ったわ」

「でも……恋ぐらいしたっていいじゃないの！」

「恋なら、大学へ入ってから、同世代の男の子としなさい。あんな中年男となんて、許さない」

「植草さんはいい人よ。少しぐらい年が違ったって、どうだっていうの？」

「少しぐらい？　親子ほども違うのよ」

「あの人は、江口さんとかって課長さんと付合ってるのね。だからいけないの？」

ユリはじっと妹を見つめて、

「そんなことじゃないのよ」

と言った。「ともかく、あの人のことは忘れなさい」

ユリはそう言って、足早に出かけて行った。

マミはバスタオルを巻いただけの格好で、ソファに力なく座り込んだ。

そして——ふと思い立つと、駆けて行って自分のケータイから、植草にかけた。

しかし、つながらない。

マミはしばし立ちすくんでいた……。


ユリはエレベーターを三階で降りて、〈第一会議室〉へと向った。

ガラス扉を開けて、

「遅くなって」

と、中へ入る。

「いえ、五分前くらいに来たばかりよ。みんな」

と、沢奈美江は言った。

「ともかく揃ったわね。始めましょ」

と、江口ゆかりが事務的な口調で言った。

「ともかく、今の状況を……」

と、沢奈美江は言った。「前任者の丸山が殺されたってこと、その捜査で、私たちも目をつけられる可能性があるわ」

「ユリさんの写真を持ってたって？」

と、木島久美子が言った。「ユリさん、丸山と何かあったの？」

「いいえ、何も」

と、ユリは首を振って、「どういうことか分りません」

「でも、あなたに目をつけてることは確かよね」

と、江口ゆかりが言った。

「ともかく、丸山を殺したのが誰にせよ、私たちじゃないことは間違いない」

と、沢奈美江が言った。「問題は、今、どうすべきかだわ」

「植草をどうするか、ってこと？」

と、江口ゆかりは訊いた。

「あのマンションに置いとくのはまずいでしょう」

と、木島久美子が爪の具合を見ながら、「私たちが、植草をあそこに飼っておくのが、犯罪になるとは思わないけど――」

「でも、もしこのことがマスコミにかぎつけられたら？」

と、ユリは言った。「週刊誌やワイドショーの絶好のネタだわ」

「同感だわ」

と、沢奈美江が肯く。「警察がかぎつける前に、植草には姿を消してもらいましょう」

「短かかったわね」

と、木島久美子が言った。「口止め料を払う？」

「必要ないわ」

と、江口ゆかりが言った。「お金を渡せば、またよこせと言って来る。そうでしょ？」

「じゃ、どう言って出て行かせるの？」

と、ユリが言うと、

「もう、あのマンションにはいないわよ」

江口ゆかりの言葉に、他の三人は戸惑った様子で、

「――ゆかりさん、あなた、植草に話したの？」

と、ユリが訊いた。

「いいえ。――邪魔だから、片付けたのよ」

「まさか……。あなたが丸山を殺したの？」

「そんなこと言ってないわ」

と、江口ゆかりは冷ややかに、「あの男の処分については、ここの四人全員の責任でしょ？」

「それじゃ……」

「今、植草は私の車のトランクの中」

と、江口ゆかりは言った。

しばし沈黙があった。——ユリは、

「何をしたの？」

「薬で眠らせてるだけよ。——まだ四、五時間は起きないわ。手足を縛ってある。どうする？」

「ゆかりさん」

と、沢奈美江が言った。「それは勝手な行動じゃない？」

「緊急を要するって言ったのは、沢さん、あなたよ」

「それは……」

「だから私は植草を眠らせて運んで来た。どうするかは、ここで決めましょ」

「どうする、って……」

「ユリさん、あなただって、植草に消えてほしいでしょ。妹さんが彼に惚れてる」

「ゆかりさん……」

「あのまま、車で郊外の山の中へ運んで、湖へでも落とせば、まず身許は分らないわ」

「――殺すの？」

「まあね。安全でしょ、その方が」

江口ゆかりは木島久美子の方へ、「あなたはどう？」

「私？　私はどっちでも」

と、木島久美子は肩をすくめ、「いい話し相手だったけど。殺すのはちょっと可哀そうね」

「話し相手だけじゃないでしょ」

「話だけよ。――みんな知らないけど、私、男に関心ないの」

「久美子さん！　本当？」

と、ユリが目を丸くする。

「ええ。でも、話し相手がほしかった。――いい人だわ、あの人」

「私も……殺すのは……」

と、ユリが言った。「よく言い聞かせれば、分ってくれると思うけど」

「安全第一。――違う？」

江口ゆかりが言った。「スキャンダルになるのを避けたかったら、始末することだわ」

誰もが無言だった。


「――この辺がいいんじゃない？」

江口ゆかりが車を停めた。

三時間以上走らせて来て、車は今、山の中腹の道だった。

片側は崖で、遥か下に湖が広がっている。エンジンを切ると、辺りが静まり返る。

「さあ……」

車から四人が降りた。

やるなら全員で。――それが結論だったのだ。

トランクを開けると、布の袋に入った植草が横たわっている。

「さあ、四人で一緒に投げ込むのよ」

と、江口ゆかりが言った。「重いからね。中にコンクリートブロックを入れてある」

女四人の力で、やっと持てる重さ。

さすがに誰もが汗をかいていた。

一旦地面に下ろして、息をつく。

「――さあ、手早く済ませましょ」

と、江口ゆかりが促した。

そのとき、沢奈美江が突然布袋の上に身を投げ出して、

「やめて!」

と、叫んだ。「こんなこと、いけないわ!」

「沢さん……」

「お願い、やめましょう。――もし、どうしてもやるのなら、私も殺して」

「何を言ってるの?」

「私は……私は、この人を愛してる」

「奈美江さん」

と、木島久美子が唖然として、「本当に惚れたの?」

「ええ、そうよ! 死なせたくない。私が、この人を隠しておくわ」

「危険よ」

と、江口ゆかりが言った。「決めた通りにしましょう。さあ!」

と、沢奈美江を立たそうとしたとき、

「ワン!」

犬の吠える声がして、江口ゆかりが、

「キャッ!」

と、声を上げ、「足を――かまれた！」

パッと辺りが明るくなった。

立ちすくむ四人の前に、警官が十人以上、並んでいた。

「殿永です」

「あのときの――」

「ええ。ずっと尾けて来ました」

「じゃ、知ってたんですか」

「ここまで待っていたんです。――誰かが止めないかと。四人で人殺しをするか、誰かが止めるか。待って良かった」

「――沢奈美江さん」

と、亜由美が進み出た。「袋の中身は、植草さんじゃありません。砂を詰めた袋です」

「まあ。それじゃ……」

「植草さんは病院です」

と、殿永が言った。「しかし、こうなっては、もうゲームではありませんな」

「丸山さんも四人で？」

と、亜由美が訊く。

ドン・ファンが亜由美の足下へと戻った。

「——違います」

と、ユリが言った。「丸山は言い含めてクビにしたんです。でも、やっぱりつきまとわれて。——当然ですよね」

「じゃ、あなたが?」

「違います。丸山を殺したのは、私です」

と、沢奈美江が言った。

「沢さん……」

「私が一番年長だし、何とかしなきゃと思ったんです。——いけないとは思いましたが、丸山は本当に私たちのことを、週刊誌へ売り込もうとしていたんです」

沢奈美江は進み出ると、「遊びのつもりで始めたのに……」

「ワン!」

と、ドン・ファンが吠えた。

「沢さん!」

と、ユリが叫んだ。

一瞬の内に、沢奈美江は崖へと走り寄り、向う側へ飛び込んでしまった。

誰もが息を呑んだ。

「下へ連絡しろ!」

と、殿永が怒鳴った。「助けるんだ！」

「ありがとう、塚川さん」

と、マミが頭を下げる。

「大学、受けに来る？」

と、亜由美が訊く。

「さあ……。これからどうなるか」

マミは首を振った。

――故郷へ帰るマミを、駅まで見送りに来た亜由美と聡子だった。

「じゃ、ここで」

マミは荷物を手に、列車へと乗り込んだ。

列車が走り出し、亜由美たちは、窓の中のマミへ手を振った。

「――やれやれ」

と、聡子がため息をついて、「マスコミがやかましく言い立てるわね、きっと」

「みんな、仕事に生きて来て、男と遊ぶ余裕もなかったのよ」

と、亜由美は言った。「あ……」

ホームに立っていたのは、植草だった。

「マミちゃんを見送りに？」

「ええ」

と、植草は肯いて、「いい子でした」

「マスコミの取材を断ってるそうですね」

「そうするのが一番だと思って」

と、植草は言った。「彼女たちを責めるより、あんな境遇に甘んじていた私の方が情ないですよ」

植草は、「いい男」に見えた。

「沢さんも助かって良かった。──人生、やり直せますよ、いくつになっても」

「そうですね」

亜由美は微笑んで、「あなたも、これからですね」

三人が駅を出ると、ドン・ファンが不服そうに待っていた。

「さ、ドン・ファン、行くわよ」

と、亜由美が声をかけたが──。

ドン・ファンはセーラー服の可愛い少女を見付けて、そっちへと駆けて行ってしまった。

「全く、もう！──ドン・ファン！」

亜由美は怒鳴って、ドン・ファンの後を追って行った……。

解説

藤原理加

すばらしい！

——何がすばらしいって、花嫁＝結婚という（たぶん、多くの人にとっては人生最大の）大テーマを、こんなにもバラエティ豊かに軽妙なミステリーに仕上げて、しかも本来、「活字が苦手！」という人までも夢中にしてしまうこと！

などと、のっけから、本書の第一話である「花嫁は荒野に眠る」の冒頭を拙くも真似させていただきましたが……、これは、ほんとうに偽らざる感想です。

そして、今回、赤川次郎さんの人気シリーズの一つであるこの〈花嫁シリーズ〉の解説を書かせていただくにあたって、あらためてその歴史をひもといてみると、その感想は、驚嘆（！）に変わりました。

言わずもがなですが、赤川次郎さんは、日本のミステリーの殿堂とも言える方です。

一九七六年、二十八歳で作家デビューされて以来四十年、コメディ、シリアス自由自在、さまざまなタッチで、ベストセラー作品を執筆されつづけています（ちなみに、二〇一五年で著作は五八〇冊を超え、その時点での累計発行部数は三億三〇〇〇万部を超え、この記録を達成されたのは、日本人作家としては赤川次郎さん、ただお一人だそうです）。

そして、その多くは、映画化、ドラマ化され、さらに多くの世代を超えた人たちに、ミステリーと物語の楽しみを与えてくれました。

たとえば、二〇一五年末にオンエアされたドラマ「赤めだか」のなかで、二宮和也さん演じる若き日の立川談春さんが、厳しい落語家修業の心の支えにしていたのは、赤川次郎さん原作の映画『セーラー服と機関銃』で主演をしている薬師丸ひろ子さんのポスターでした。

しかも、映画が公開された一九八〇年代初頭のあの当時、そんな若者は立川談春さんだけではなく、おそらく、日本全国にごまんといたのです。

というわけで、赤川次郎作品をきっかけに、ミステリーおよび読書の楽しみを知った、という人は、私の周りにもたくさんいます。

たとえば、とくに玄人すじ＝漫画通から大きな支持を得ている人気漫画家の友人I・A（本人が恥ずかしがるので、名前は伏せます）さんも、そのひとり。

I・Aさんは、映画やドラマなどの映像作品においては、超がつくくらいのマニアなのですが、読書だけは、苦手。数行読むだけで眩暈がしてくるというくらいのつわもの＝小説苦手人間なのですが、赤川作品だけは、別。

きました。

今回、この解説を書かせていただく話をすると、「中学のときにハマってずっと読んでた作家さんだ♪」と、普段のI・Aさんを知る私としては、ちょっと意外な答えが返ってきました。

でも、よく考えてみると、意外でも何でもない。

それは、本書『花嫁たちの深夜会議』に所収の二作品（前述した「花嫁は荒野に眠る」と表題作の「花嫁たちの深夜会議」）を読んでみても、しみじみ納得できます。

そして、その理由は、ほんとうにたくさんあるのだけれど……、それを申し上げる前に、今回、本書で初めて〈花嫁シリーズ〉を手にしたという方のために、ここでもう一度、このステキに楽しくて、おもしろい〈花嫁シリーズ〉のヒストリーを、さっくりおさらいしてみたいと思います。

まず、第一弾の『忙しい花嫁』が初刊行されたのは、一九八三年。つまり、いまから約三十三年前に、この〈花嫁シリーズ〉は、始まりました。

以来、他にもさまざまな作品、さらには、〈三毛猫ホームズシリーズ〉〈天使と悪魔シリーズ〉などなど、多くの人気シリーズを執筆されつづけながら、この〈花嫁シリーズ〉は、本書でついに第二十三弾！（ちなみに、まだ角川文庫化されていないものまで含めると、二〇一五年末の時点で、最新作は第二十九弾！）

というわけで、一冊に二話所収したとすると、単純計算しても、この三十三年間で、じ

けです。

つに五十を超える花嫁＝結婚のさまざまな物語を、赤川さんは、書きつづけてこられたわけです。

しかも、どのお話も、文庫本でいえば、一〇〇ページ前後の中・短編であるのに、そのなかに、ミステリーの醍醐味（だいごみ）、どんでん返し、さらには、結婚の悲喜こもごも、人生の機微や人間ドラマが、さりげなくも、しっかり盛り込まれています。

ですから、本書を含めて、いま、角川文庫で刊行されている二十三冊〈花嫁シリーズ〉だけを並べてみても、それは、たんに楽しいエンターテインメントというだけではなく、おもしろいうえに奥深い、結婚＝人生の指南書とさえ言える気がしてくるのです。

だから、この〈花嫁シリーズ〉は、とくに、これから大いにステキな結婚をしてほしい、お年頃の女性たちに読んでほしいもの。

とはいえ、読みやすさ、楽しさ、おもしろさは、もちろん、老若男女、どんな人たちにも、おすすめです。

なぜなら、すでに結婚している人も、そうでない人も、結婚という人生最大のロマンチックなモチーフにまつわるさまざまなミステリー＝物語を気軽に、でもぎゅっと凝縮して、あたかも疑似体験したかのように味わえる、それがこの〈花嫁シリーズ〉のいちばんの魅力だからです。

そのうえ、本書『花嫁たちの深夜会議』は、これまでのなかでも、とくにドラマチックで、ミステリー&サスペンス色が強く、舞台も大がかりです。

あんまり言うと未読の人の楽しみを奪ってしまうので詳しくは書けないけれど、一話目の「花嫁は荒野に眠る」では、なんとアマゾンのジャングル&荒野が舞台。

東京のごく平凡な女子大生、主人公の塚川亜由美と愛犬のドン・ファン、亜由美の親友の聡子の三人（?）が、遥かアマゾンの地で奮闘する様子は、まさに、ハラハラ・ドキドキ、ハリウッドの冒険サスペンス映画さながらです。

しかも、結末が、またすばらしい。

現実社会の矛盾をさりげなくも鋭く突きながら、しっかりブラックユーモアも。この結末は、シリーズのなかでも、とくに好きなものの一つになりました。

また、現実社会の矛盾・問題をさりげなくも鋭く突くといえば、表題作の「花嫁たちの深夜会議」は、まさに、そんな作品でした。

近年、結婚をだしに、手っ取り早いお金儲けを企むだけではなく、挙げ句の果てには交際相手や夫を殺してしまうという女性の事件が相次いで、いわゆる「結婚難の時代」ゆえの犯罪か、などと話題になりましたが、この「花嫁たちの深夜会議」は、そんな結婚難の問題を、まったく違う形で突いています。

そのうえ、驚くべきことに、この作品の初出は、それらの事件＝問題が、やっと表面化してきたばかりの、二〇〇九年。

しかも、結末には、主人公の亜由美の言葉を借りて、赤川さんならではの社会洞察がやさしく語られていて、それがまた、「今」のこの時代にもしっくりと当てはまるものになっている――。

前作の第二十二弾『花嫁は夜汽車に消える』では、山前譲さんの解説にもあるように、「袴田事件」を彷彿とさせる「冤罪」が裏テーマになっており、じつは骨太の社会派作家でもある赤川さんの一面が際立つ作品になっていましたが、この「花嫁たちの深夜会議」も同じく、社会派ミステリーとしても、結婚難、失業、ホームレスなどなどの問題を、深く考えさせられる作品になっているのです。

けれども、そういうシリアスな社会問題でも、あるいは、人間や人生における深い洞察も観察眼も、そのままの形で描くのではなく、誰もがすーっと楽しく読めるような、軽やかなエンターテインメントに仕上げてしまう。

それは、まさに稀有なベストセラー作家＝ストーリーテラーである、赤川さんならではの技。

そして、そんなところが、お話のおもしろさに対して大いに辛口＝シビアなうえに、大の活字苦手人間の友人、漫画家のI・Aさんまでもをファンにしてしまう理由なのだと、あらためて納得するのです。

また、これは勝手な憶測ですが、今回、本書を読んで、もしかしたら赤川さんご自身も、この〈花嫁シリーズ〉を楽しんで書かれているのではと、そんなことを思ったりもしました。

たとえば、すでにシリーズ名物ともいえる、亜由美と、その母・清美(きよみ)や、少女アニメ好きの父・貞夫(さだお)との軽妙な会話。さらには、愛犬ドン・ファン、親友の聡子、恋人の谷山(たにやま)や、仲良しの殿永(とのなが)部長刑事とのやりとり。

そんな、おなじみの登場人物たちのユーモアたっぷりのやりとりは、読めば読むほど、作者の赤川さん自身の、登場人物たちに対する愛着や楽しさを代弁しているような気がしてくるからです。

また、そんな軽妙なやりとりの、ほんの何気ない言葉が、本書のなかで殿永部長刑事も言っているように、じつは、とても深いのです。

なぜなら、そのなかには、映画、音楽、古典芸能、旅、美食などなど、幅広いジャンルに造詣(ぞうけい)が深いことでも知られる赤川さんの豊かな教養と、社会に対する深い洞察力、そして人間に対する鋭くもあたたかい観察眼が、ぎゅっと凝縮されているから。

しかも、それらの言葉のいくつかは、きっと、赤川さんの率直な本音であるから。

「そんなことで結婚相手を選ぶべきではなかった」

たとえば、本書のなかに出てくるこの言葉も、もしかしたら赤川さんの本音、おそらく誰よりも「結婚」=「花嫁」の物語を書いてきた達人だからこそ、さらりとストレートに言ってのけられる、結婚の知恵＝真実のような気がするのです。

気楽な気分転換、別の人生の疑似体験、あるいは人生をより豊かにしてくれる知恵ある言葉、人間や人生の真実をすくいとった言葉に触れられることなどなど、本を読む楽しみはいろいろあるけれど、（とくに永遠の女のコにとっては）そのすべてを満足してくれるのが、本書であり、この花嫁シリーズだと、いま、あらためて思います。

願わくば、このシリーズが、できるだけ長くつづきますように。そして、できるだけ長く、たくましくて愉快な仲間たちと一緒の時間を過ごせますように——。

本書は、二〇一二年六月、実業之日本社文庫として刊行されました。

花嫁(はなよめ)たちの深夜会議(しんやかいぎ)

赤川次郎(あかがわじろう)

平成28年 4月25日　初版発行
令和7年 1月25日　3版発行

発行者●山下直久

発行●株式会社KADOKAWA
〒102-8177　東京都千代田区富士見2-13-3
電話　0570-002-301（ナビダイヤル）

角川文庫 19698

印刷所●株式会社KADOKAWA
製本所●株式会社KADOKAWA

表紙画●和田三造

ISBN978-4-04-103181-0　C0193

角川文庫発刊に際して

角川源義

第二次世界大戦の敗北は、軍事力の敗北であった以上に、私たちの若い文化力の敗退であった。私たちの文化が戦争に対して如何に無力であり、単なるあだ花に過ぎなかったかを、私たちは身を以て体験し痛感した。西洋近代文化の摂取にとって、明治以後八十年の歳月は決して短かすぎたとは言えない。にもかかわらず、近代文化の伝統を確立し、自由な批判と柔軟な良識に富む文化層として自らを形成することに私たちは失敗して来た。そしてこれは、各層への文化の普及滲透を任務とする出版人の責任でもあった。

一九四五年以来、私たちは再び振出しに戻り、第一歩から踏み出すことを余儀なくされた。これは大きな不幸ではあるが、反面、これまでの混沌・未熟・歪曲の中にあった我が国の文化に秩序と確たる基礎を齎らすためには絶好の機会でもある。角川書店は、このような祖国の文化的危機にあたり、微力をも顧みず再建の礎石たるべき抱負と決意とをもって出発したが、ここに創立以来の念願を果すべく角川文庫を発刊する。これまで刊行されたあらゆる全集叢書文庫類の長所と短所とを検討し、古今東西の不朽の典籍を、良心的編集のもとに、廉価に、そして書架にふさわしい美本として、多くのひとびとに提供しようとする。しかし私たちは徒らに百科全書的な知識のジレッタントを作ることを目的とせず、あくまで祖国の文化に秩序と再建への道を示し、この文庫を角川書店の栄ある事業として、今後永久に継続発展せしめ、学芸と教養との殿堂として大成せんことを期したい。多くの読書子の愛情ある忠言と支持とによって、この希望と抱負とを完遂せしめられんことを願う。

一九四九年五月三日

角川文庫ベストセラー

花嫁シリーズ⑰
花嫁よ、永遠なれ
赤川次郎

新婚夫婦の夫がハネムーンから帰ってきたところで逮捕された。容疑は殺人。なんとハネムーン先で少女を殺害したというのだが。真相を確かめるため亜由美が捜査に乗り出す！

花嫁シリーズ⑱
野獣と花嫁
赤川次郎

女子大生亜由美はホテルのラウンジで、昔の家庭教師・岐子と出会った。岐子の友人が挙げた、まさに「美女と野獣」の結婚式。それから一年、山荘でのパーティで事件が。亜由美とドン・ファンは山荘に駆けつける。

花嫁シリーズ⑲
標的は花嫁衣裳
赤川次郎

「つかがわあゆみ様――」。デパートの館内放送で呼び出された塚川亜由美。しかし案内所には、もう一人〈つかがわあゆみ〉と名乗る女性が。そして次の瞬間、案内所に銃声が轟いた！

花嫁シリーズ⑳
舞い下りた花嫁
赤川次郎

社長が行方不明になったタレント事務所でアルバイト中の亜由美。事務所が借金を抱えていて、新人タレントがその「担保」にさせられると聞き、抗議したら、なぜか新社長にさせられて！

花嫁シリーズ㉑
毛並みのいい花嫁
赤川次郎

女子大生・亜由美が従兄の結婚式へいくと、花嫁はなんと犬！　周囲の目の気にせず、二人は新婚旅行へ。しかし、その先で花嫁は何者かに誘拐されてしまう。亜由美とドン・ファンの名コンビが事件に挑む。

角川文庫ベストセラー

禁じられたソナタ (上)(下)　赤川次郎

祖父の臨終の際、孫娘の有紀子は「決して弾いてはならない」という〈送別のソナタ〉と題する楽譜を託される。遺言通り楽譜をしまったはずだったが、有紀子の周りでは奇怪な事件が起こりはじめ——。

いつか他人になる日　赤川次郎

ひょんなことから、3億円を盗み、分け合うことになった男女5人。共犯関係の彼らは、しかし互いの名前さえ知らない——。それぞれの大義名分で犯罪に加担した彼らに、償いの道はあるのか。社会派ミステリ。

さすらい　赤川次郎

日本から姿を消した人気作家・三宅。彼が遠い北欧の町で亡くなったという知らせを受けた娘の志穂は、遺骨を引き取るため旅立つ。最果ての地で志穂を待ち受けていたものとは。異色のサスペンス・ロマン。

君を送る　赤川次郎

〈染谷通商〉の幹部会で、社長の提案した新規事業への参入に反対したとして、営業部長・矢沢の首が飛んだ。入社した頃から世話になっていた深雪は矢沢の送別会をやろうとするが、やはり前途多難で……。

ハムレットは行方不明　赤川次郎

大学生の綾子がたまたま撮った写真の中に、行方不明だった教授の息子が写っていた！　そこから巻き起こる新たな殺人事件……シェイクスピアの『ハムレット』の設定を現代に移して描いたユーモアミステリ。

角川文庫ベストセラー

三毛猫ホームズの推理　赤川次郎

三毛猫ホームズの追跡　赤川次郎

三毛猫ホームズの怪談　赤川次郎

三毛猫ホームズの狂死曲（ラプソディー）　赤川次郎

三毛猫ホームズの駈落ち　赤川次郎

時々物思いにふける癖のあるユニークな猫、ホームズ。血、アルコール、女性と三拍子そろってニガテな独身刑事、片山。二人のまわりには事件がいっぱい。三毛猫シリーズの記念すべき第一弾。

片山晴美が受付嬢になった新都心教養センターで事件が……金崎沢子と名乗る女性が四十数万円の授業料を払い、三十クラスの全講座の受講生になった途端に、講師が次々と殺されたのだ。

西多摩のニュータウンで子供が次々と謎の事故に見舞われ、近くの猫屋敷の女主人が十一匹の猫とともに殺された。そして第二、第三の殺人が……楽しくてスリリングな長編ミステリ。

命が惜しかったら、演奏をミスするんだ。脅迫電話を片山刑事の妹、晴美がうけてしまった！　殺人、自殺未遂、放火、地震、奇妙な脅迫……次々起こる難事件を片山、いやホームズはどうさばく？

大富豪……片山家と山波家は先祖代々伝統的に（？）犬猿の仲が続いていた。片山家の長男義太郎と山波家の長女晴美が駈け落ちするに至り、事態は益々紛糾した。それから十二年。

角川文庫ベストセラー

三毛猫ホームズの大改装（リニューアル）　赤川次郎

かつて不良で、今は改心し片山刑事の彼女を自称する立石千恵。彼女の父でマンション改装工事計画推進に利用されているみつぐ。雑誌編集長に抜擢された窓際編集者の平栗悟士。3つの〝大改装〟が事件に⁉

三毛猫ホームズの恋占い　赤川次郎

「あなたが私の夫になる人です」。張り込み中、駆け寄ってきた女子高生の言葉に絶句する片山刑事。彼女は占い師に「公園のベンチに置いたハンカチを拾った人が運命の人」と言われたという！　シリーズ第35弾！

三毛猫ホームズの最後の審判　赤川次郎

警視庁の片山刑事と晴美の前に現れたのは〝この世の終りが来る〟と唱える人々たち。彼らの〈教祖〉様とは一体……⁉　事件の真相を求め片山刑事が三毛猫ホームズと共に奇妙な事件を解決していく！　第36弾。

三毛猫ホームズの花嫁人形　赤川次郎

挙式直前の花嫁が殺害された。遺体に残されていた花嫁人形と同様のものが、大女優・草刈まどかの婚約会見の直後にも発見され、さらに第二、第三の事件が起こる。大人気シリーズ第37弾。

三毛猫ホームズの仮面劇場　赤川次郎

謎の人物に集められた3人の男女。他人同士の彼らへの依頼は、「仮面の家族」となり、湖畔のロッジ〈霧〉で1カ月を過ごすこと！　仮面の下の真相をホームズたちが追う、シリーズ第38弾！

角川文庫ベストセラー

天使と悪魔④
天使に似た人
赤川次郎

地上研修に励む〝落ちこぼれ〟天使マリの所に、突然大天使様がやってきた。善人と悪人の双子の兄弟が、天国と地獄へ行く途中で入れ替わって生き返ってしまった！

天使と悪魔⑤
天使のごとく軽やかに
赤川次郎

落ちこぼれ天使のマリと、地獄から叩き出された悪魔のポチ。二人の目の前で、若いカップルが心中した！　直前にひょんなことから遺書を預かったマリ。父親に届けようとしたが、TVリポーターに騙し取られ。

天使と悪魔⑥
天使に涙とほほえみを
赤川次郎

天国から地上へ「研修」に来ている落ちこぼれ天使のマリと、地獄から追い出された悪魔・黒犬のポチ。奇妙なコンビが遭遇したのは、「動物たちが自殺する」という不思議な事件だった。

天使と悪魔⑦
悪魔のささやき、天使の寝言
赤川次郎

人間の世界で研修中の天使・マリと、地獄から成績不良で追い出された悪魔・ポチが流れ着いた町では、奇怪な事件が続発していた。マリはその背後にある邪悪な影に気がつくのだが……。

天使と悪魔⑧
天使にかける橋
赤川次郎

研修中の天使マリと、地獄から叩き出された悪魔ポチ。今度のアルバイトは、須崎照代と名乗る女性の娘として、彼女の父親の結婚パーティに出席すること。実入りのいい仕事と二つ返事で引き受けたが……。

角川文庫ベストセラー

赤川次郎ベストセレクション⑥
探偵物語
赤川次郎

赤川次郎ベストセレクション⑦
殺人よ、こんにちは
赤川次郎

赤川次郎ベストセレクション⑧
殺人よ、さようなら
赤川次郎

赤川次郎ベストセレクション⑨
哀愁時代
赤川次郎

赤川次郎ベストセレクション⑩
血とバラ
懐しの名画ミステリー
赤川次郎

辻山、四十三歳。探偵事務所勤務。だが……クビが危うくなってきた彼に入った仕事は。物語はたった六日間。中年探偵とフレッシュな女子大生のコンビで贈る、ユーモアミステリ。

今日、パパが死んだ。昨日かも知れないけど、どっちでもいい。でも私は知っている。ママがパパを殺したことを。みにくい大人の世界を垣間見た十三歳の少女、有紀子に残酷な殺意の影が。

『殺人よ、こんにちは』から三年。十六歳の夏、過去の秘密を胸に抱き、ユキがあの海辺の別荘にやってきた。そして新たな殺人事件が！　大人への階段を登り始めたユキの切なく輝く夏の嵐。

楽しい大学生活を過ごしていた純江。だが父親の浮気で家庭はメチャクチャ、おまけに親友の恋人を愛するようになって……若い女の子にふと訪れた、悲しい恋の顚末を描くラブ・サスペンス。

紳二は心配でならなかった。婚約者の素子の様子がヨーロッパから帰って以来、どうもヘンなのだ……表題作の他、奇想天外な趣向をいっぱいにつめ込んだ傑作ミステリ四編を収録。

角川文庫ベストセラー

赤川次郎ベストセレクション⑪
いつか誰かが殺される
赤川次郎

大財閥永山家当主・志津の70回目の誕生日。今年もまた毎年恒例の「あること」をやるために、家族たちが屋敷に集った。それは一言で言うと「殺人ゲーム」である……欲望と憎悪が渦巻く宴の幕が開いた！

赤川次郎ベストセレクション⑫
死者の学園祭
赤川次郎

M学園の女子高生3人が、立ち入り禁止の教室を探検した後、次々と死んでいった。真相を突き止めようと探る真知子に忍び寄る恐怖の影！　17歳の名探偵が活躍するサスペンス・ミステリ。

赤川次郎ベストセレクション⑬
長い夜
赤川次郎

事業に失敗、一家心中を決意した白浜省一に、ある男から「死んだ娘と孫の家に住み死の真相を探ってくれれば、借金を肩代わりする」という依頼が。喜んで引き受けた省一。恐ろしい事件の幕開けとも知らず——。

赤川次郎ベストセレクション⑭
愛情物語
赤川次郎

赤ん坊のときに捨てられ、今はバレリーナとして将来を期待されている美帆、16歳。彼女には誕生日になると花束が届けられる。「この花の贈り主が、本当の親なのかもしれない」、美帆の親探しがはじまるが……。

赤川次郎ベストセレクション⑮
魔女たちのたそがれ
赤川次郎

「助けて……殺される」。かつての同級生とおぼしき女性から、助けを求める電話を受けた津田は、同級生の住む町に向かう。恐るべき殺戮の渦に巻き込まれるとも知らず——。巧みな展開のホラー・サスペンス。

角川文庫ベストセラー

鼠、影を断つ　赤川次郎

母と幼い娘が住む家が火事で焼けた。原因は不明。さらに母子の周辺に見え隠れする怪しい人物たち。何かあると感じた矢先、また火事が起こり——。鼠小僧次郎吉が、妹で小太刀の達人・小袖と共に事件を解く！

鼠、夜に賭ける　赤川次郎

〈鼠〉こと次郎吉の家に大工の辰吉が怒鳴り込んできた。自分の留守中に女房のお里が身ごもり、その父親は次郎吉だというのだ！　失踪したお里を捜すうち、意外な裏が見え始めてきた——。シリーズ第4弾！

鼠、剣を磨く　赤川次郎

縁日で行きずりの男の子に「おっかさんだよ！」と取りすがって泣く女。錯乱した女か——と誰もが素通りする中、次郎吉の妹・小袖は女の命を狙う浪人を見逃さなかった。女の素性は？「鼠」シリーズ第5弾！

鼠、危地に立つ　赤川次郎

ちょいとドジを踏んでしまい、捕手に追いかけられてしまった鼠小僧の次郎吉。追っ手を撒くために入った家には、母と娘の死体があった。この親子に何があったのか気になった次郎吉は、調べることに……。

鼠、狸囃子に踊る　赤川次郎

女医の千草の手伝いで、一人でお使いに出かけたお国。帰り道に耳にしたのは、お囃子の音色。フラフラと音が鳴る方へ覗きに行ったはいいが、人っ子一人、見当たらない。次郎吉も話半分に聞いていたが……。